山頭火随筆集

taneda santōka

種田山頭火

講談社文芸文庫

目次

山頭火随筆集

俳句

カフェーにデカダンを諭すなつの蝶とべり
（明治44年）

吾妹子の肌なまめかしなつの蝶

孤独証す偏狭を夜長星晴れて

泣き得ぬが悲し一葉の散る見ても

壁書さらに「黙」の字ませり松の内
（明治45年）

捨身たゞ名残るもの河豚と火酒とあり

毒ありて活く生命にや河豚汁

野分海の遠鳴も徹夜読む床に
酒も断たん身は凩の吹くままに　（大正元年）

旅程変へばやなど薫風に草鞋とく
蚊帳青う寝覚よき夜の稿つげり
今日も事なし凩に酒量るのみ　（大正2年）

気まぐれの旅暮れて桜月夜なる
蛍淋しう君追うて来ぬ風ひやと　（大正3年）

橙の花もいつしか小さき実となりしかな

(大正4年)

旅中

濃き煙残して汽車は凩の果てへ吸はれぬ

風がはた〳〵窓うつに覚めて酒恋し

独り飲みをれば夜風騒がしう家をめぐれり

風に吹かれて屋根の鴉は鳴きやまぬかな

(大正5年)

寂しき春　二句

燕とびかふ空しみ〴〵と家出かな

光と影ともつれて蝶々死んでをり

孤独に堪へて

蛙さびしみわが行く道のはてもなし

乞食ゆき巡査ゆき柳ちるなり

あてもなく踏み歩く草はみな枯れたり

水底いちにち光るものありて暮れけり

（大正6年）

闇の奥には火が燃えて凸凹の道

わが路遠く山に入る山のみどりかな

酔ひざめのこころに触れて散る葉なり

（大正7年）

泣いて戻りし子には明るきわが家の灯

またあふまじき弟にわかれ泥濘ありく

朱鱗洞追悼

一すぢの煙悲しや日輪しづむ

星空の冬木ひそかにならびゐし

（大正8年）

大地より湧きあがる水をよゝと飲む

焚火よく燃え郷のことおもふ

横浜居留地

夕風に外人の墓はいよいよ白かり　（大正9年）

蝶ひとつ飛べども飛べども石原なり

電車終点ほつかりとした月ありし

雪ふる中をかへりきて妻へ手紙かく

ほころび縫ふ身に沁みて夜の雨　（大正10年）

月夜の水を猫が来て飲む私も飲まう

噛みしめる飯のうまさよ秋の風

けふもよく働いて人のなつかしや

ま夜なかひとり飯あたゝめつ涙をこぼす

あかり消すやこゝろにひたと雨の音

風の巻の大時計鳴らず

（大正11年）

〈以上の句は出家以前〉

大正十四年二月、いよいよ出家得度して肥後の片田舎なる味取観音堂守となつたが、それはまことに山林独住の、しづかといへばしづかな、さびしいと思へばさびしい生活であつた。

（大正14年）

松はみな枝垂れて南無観世音

松風に明け暮れの鐘撞いて

けふも托鉢ここもかしこも花ざかり

ひさしぶりに掃く垣根の花が咲いてゐる

大正十五年四月、解くすべもない惑ひを背負うて、行乞流転の旅に出た。

（大正15年）

分け入つても分け入つても青い山

しとどに濡れてこれは道しるべの石

炎天をいただいて乞ひ歩く

放哉居士の作に和して

鴉啼いてわたしも一人

生を明らめ死を明らむるは仏家一大事の因縁なり
（修証義）
生死の中の雪ふりしきる
木の葉散る歩きつめる
昭和二年三年、或は山陽道、或は山陰道、或は四国九州をあてもなくさまよふ。
（昭和2、3年）
踏みわける萩よすすきよ
この旅、果もない旅のつくつくぼうし
へうへうとして水を味ふ
落ちかかる月を観てゐるに一人

ひとりで蚊にくはれてゐる

投げだしてまだ陽のある脚

山の奥から繭負うて来た

笠にとんぼをとまらせてあるく

歩きつづける彼岸花咲きつづける

まつすぐな道でさみしい

だまつて今日の草鞋穿く

ほろほろ酔うて木の葉ふる

しぐるるや死なないでゐる

張りかへた障子のなかの一人

水に影ある旅人である

雪がふるふる雪見てをれば

しぐるるやしぐるる山へ歩み入る

食べるだけはいただいた雨となり

行乞しつつ　三句

木の芽草の芽あるきつづける

生き残つたからだ掻いてゐる

（昭和4年）

こほろぎに鳴かれてばかり

どうしようもないわたしが歩いてゐる

涸れきつた川を渡る

分け入れば水音

捨てきれない荷物のおもさまへうしろ

旅のかきおき書きかへておく

あの雲がおとした雨にぬれてゐる

（昭和5年）

こんなにうまい水があふれてゐる

秋風の石を拾ふ

年とれば故郷こひしいつくつくぼうし

まつたく雲がないゝ笠をぬぎ

酔うてこほろぎと寝てゐたよ

雨だれの音も年とつた

物乞ふ家もなくなり山には雲

あるひは乞ふことをやめ山を観てゐる

述懐

笠も漏りだしたか

霜夜の寝床がどこかにあらう

熊本にて　　　　　　　　（昭和6年）

安か安か寒か寒か雪雪

一杯やりたい夕焼空

豆腐屋の笛で夕餉にする

ひとりの火をおこす

ここに落ちついて夕顔や

昭和六年、熊本に落ちつくべく努めたけれど、どうしても落ちつけなかつた。またもや旅から旅へ旅しつづけるばかりである。

どこやらで鴉なく道は遠い

自嘲

うしろすがたのしぐれてゆくか

越えてゆく山また山は冬の山

鉄鉢の中へも霰

（昭和7年）

いつまで旅することの爪をきる

大浦天主堂

冬雨の石階をのぼるサンタマリヤ

ふるさとは遠くして木の芽

笠へぽつとり椿だつた

けふもいちにち風をあるいてきた

ほうたるこいこいふるさとにきた

川棚温泉

花いばら、ここの土とならうよ

雲がいそいでよい月にする

雨ふるふるさとははだしであるく

うつりきてお彼岸花の花ざかり

月が昇つて何を待つでもなく

水音しんじつおちつきました

（昭和8年）

雪ふる一人一人ゆく

春風の鉢の子一つ

ぬいてもぬいても草の執着をぬく

こころすなほに御飯がふいた

てふてふうらからおもてへひらひら

日ざかりのお地蔵さまの顔がにこにこ

そこから青田のよい湯かげん

まことお彼岸入の彼岸花

柳ちるそこから乞ひはじめる

しんみり雪ふる小鳥の愛情

（昭和9年）

ふくろうはふくろうでわたしはわたしでねむれない

春が来た水音の行けるところまで

さて、どちらへ行かう風がふく

この道しかない春の雪ふる

乞ひあるく水音のどこまでも

千人風呂

ちんぽこもおそそも湧いてあふれる湯

うれしいこともかなしいことも草しげる

蜘蛛は網張る私は私を肯定する

なんぼう考へてもおんなじことの落葉ふみあるく

枯れゆく草のうつくしさにすわる

枯木に鴉が、お正月もすみました

（昭和10年）

ぶらりとさがつて雪ふる蓑虫

ほろにがさもふるさとの蕗のとう

ゆらいで梢もふくらんできたやうな

草のそよげば何となく人を待つ

空へ若竹のなやみなし

ころり寝ころべば青空

何を求める風の中ゆく

日の光ちよろちよろとかげとかげ

くづれる家のひそかにくづれるひぐらし

昭和十年十二月六日、庵中独坐に堪へかねて旅立つ

水に雲かげもおちつかせないものがある

（昭和11年）

門司埠頭

春潮のテープちぎれてなほも手をふり

ばいかる丸にて

ふるさとはあの山なみの雪のかがやく

宝塚へ

春の雪ふる女はまことうつくしい

宇治平等院

春風の扉ひらけば南無阿弥陀仏

伊豆はあたたかく野宿によろしい波音も

また一枚ぬぎすてる旅から旅

ほつと月がある東京に来てゐる

花が葉になる東京よさようなら

信濃路

あるけばかつこういそげばかつこう

国上山

青葉わけゆく良寛さまも行かしたろ

平泉

ここまでを来し水飲んで去る

永平寺

水音のたえずして御仏とあり

大阪道頓堀

みんなかへる家はあるゆふべのゆきき

七月二十二日帰庵

ふたたびここに草もしげるまま

緑平老に

かうして生きてはゐる木の芽や草の芽や

（昭和12年）

自戒

一つあれば事足る鍋の米をとぐ

とんからとんから何織るうららか

草は咲くがままのてふてふ

ならんで竹の子竹になりつつ

風の中おのれを責めつつ歩く

街頭所見

日ざかりの千人針の一針づつ

雷をまぢかに覚めてかしこまる

月のあかるさはどこを爆撃してゐることか

秋風、行きたい方へ行けるところまで

ふたたびは踏むまい土を踏みしめて征く

雪へ雪ふる戦ひはこれからだといふ

わかれてからのまいにち雪ふる

（昭和13年）

母の四十七回忌

うどん供へて、母よ、わたくしもいただきまする

窓あけて窓いつぱいの春

ふつとふるさとのことが山椒の芽

どこでも死ねるからだで春風

うまれた家はあとかたもないほうたる

街はおまつりお骨となつて帰られたか

お骨声なく水のうへをゆく

その一片はふるさとの土となる秋

戦傷兵士

足は手は支那に残してふたたび日本に

三月、東へ旅立つ

旅もいつしかおたまじやくしが泳いでゐる

春の山からころころ石ころ

啼いて鴉の、飛んで鴉の、おちつくところがない

（昭和14年）

炎天のレールまつすぐ

月のあかるさ旅のめをとのさざめごと

宇品乗船

ひよいと四国へ晴れきつてゐる

横峰は雲にかくれて南無大師遍照金剛

泊めてくれない折からの月が行手に

吉野橋

ふたたびはわたらない橋のながいながい風

ついてくる犬よおまへも宿なしか

あなもたいなやお手手のお米こぼれます

一握の米をいただきいただいてまいにちの旅

酔うて闇夜の蟇踏むまいぞ

（昭和15年）

老遍路

鈴をふりふりお四国の土になるべく

母の第四十九回忌

たんぽぽちるやしきりにおもふ母の死のこと

わが庵は御幸山裾にうづくまり、お宮とお寺とにいだかれてゐる。老いてはとかく物に倦みやすく、一人一草の簡素で事足る、所詮私の道は私の愚をつらぬくより外にはありえない。

おちついて死ねさうな草萌ゆる

うらうらほろほろ花がちる

御飯のうまさほろほろこぼれ

濁れる水の流れつつ澄む

いつ死ぬる木の実は播いておく

もりもりもりもりあがる雲へ歩む

38

おもひでがそれからそれへ酒のこぼれて

先夜今夜の犬猫事件に微苦笑しつゝ一句

秋の夜や犬から貰つたり猫に与へたり

焼かれる虫の香ひかんばしく

随筆

初期随筆

夜長ノート

小春日和のうららかさ。のんびりとした気持になって山の色彩を眺める。赤い葉、黄色い葉、青い葉、薄黒い葉——紅黄青褐とりどりのうつくしさ。自然が秋に与えた傑作をしみじみ味わうたのしさ。いつしか、うっとりとして夢みごころになる。自然の無関心な心、秋の透徹した気、午後三時頃の温かい光線が衰弱した神経の端々まで沁みわたって、最う社会もない、家庭もない——自分自身さえもなくなろうとする。

けたたましい百舌鳥の声にふっと四方の平静が破れる。うつくしい夢幻境が消えて、いかめしい現実境が来る、見ると、傍に老祖母がうとうとと睡っている。青黒い顔色、白茶けた頭髪、窪んだ眼、少し開いた口、細堅い手足——枯木のような骨を石塊のような肉で包んだ、古びた、自然の断片——ああ、それは私を最も愛してくれる、そして私の最も愛する老祖母ではないか。

老祖母の膝にもたれて『白』と呼び慣れている純白な猫が睡っている。よほどよく睡っていると見えて、手も足も投げ出して長くなれるだけ長くなっている。かすかな鼾の声さえ聞える。

その猫の尻尾に所謂『秋蠅』が一匹とまっている。じっとして動かない。翅の色も脚の色もどす黒く陰気くさい。衰残の気色がありありと見える。

秋の田園を背景として、蠅と猫と老祖母と、そして私とより成るこの活ける一幅の絵画。進化論の最も適切なる、この一場の実物教授。境遇と自覚。本能と苦痛。生存と滅亡。

自覚は求めざるをえない賜である。探さざるをえない至宝である。同時に避くべからざる苦痛である。

殊に私のような弱者に於て。

○

新刊書を買うて帰るときの感じ、恋人の足音を聞きながら、その姿を待つときの感じ、新鮮な果実に鋭利なナイフをあてたときの感じ。……

その日の新聞を開いたときの匂い、初めて見る若い女性に遇うたときの匂い、吸物碗の蓋をとったときの匂い、埃及《エジプト》煙草の口を切ったときの匂い、親友から来た手紙の封を破ったときの匂い。……

穏かな興奮と軽い好奇心と浅い慾望と。……

〇

一度行った土地へは二度と行きたくない。一度泊った宿屋へは二度と泊りたくない。一度読んだ本は二度と読みたくない。一度遇った人には二度と遇いたくない。一度見た女は二度と見たくない。一度着た衣服は二度と着たくない――一度人間に生れたから、一度男に生れたから、一度此地に生れたから、一度此肉躰此精神と生れたから。……一度でなくして二度となったとき、それは私にとって千万度繰り返すものである。終生□れ難い、離れ得ないものである。

〇

いつまでもシムプルでありたい、ナイーブでありたい、少くとも、シムプルにナイーブに事物を味わいうるだけの心持を失いたくない。酒を飲むときはただ酒のみを味わいたい、女を恋するときはただ女のみを愛したい。アルコールとか恋愛とかいうことを考えたくない。飲酒の社会に及ぼす害毒とか、色情の人生に於ける意義とかいうことを考えたくない。何事も忘れ、何物をも捨てて――酒というもの、女性というものをも考えずして、ただ味わいたい、ただ愛したい。

〇

片田舎の或る読者から観て――その読者の受ける気分とか感じとか心持とかいうものによって、日末《ママ》現代の文学雑誌及び文学者を二つのサークルに分つことが出来る。

スバル、白樺、三田文学、劇と詩、朱欒。永井荷風氏、吉井勇氏、北原白秋氏、秋田雨雀氏、上田敏氏、小山内薫氏、鈴木三重吉氏。……

早稲田文学、文章世界、帝国文学、新小説。島村抱月氏、田山花袋氏、相馬御風氏、正宗白鳥氏、馬場孤蝶氏、森田草平氏。……

○

現代の日本文明を呪咀して、江戸文明に憧憬し仏蘭西文明を駆歌《ママ》する荷風氏。現実の醜悪を厭うて夢幻に遁れんとする未明氏。温雅淡白よりも豊艶爛熟を喜ぶ白秋氏。

或る意味に於て、すべての人間はアイデアリストである。ドリーマーである。ロマンチケルである。アナクロニズムといい、エキゾーチシズムという語は色々な、複雑な意味を持っていると思う。

○

俳壇の現状は薄明りである。それが果して曙光であるか、或は夕暮であるかは未だ判明しない。

俳句の理想は俳句の滅亡である。物の目的は物そのものの絶滅にあるということを、此場合に於て、殊に痛切に感ずる。

（「青年」明治四十四年十二月号）

雑信（一）

新年句会には失敬しました、あれほど堅く約束していた事ですから、私自身は必ず出席するつもりでしたけれど、好事魔多しとやらで、飛んでもない邪魔が這入って、ああいうぐうたらを仕出来しました、何とも彼とも言訳の申上様もありません、ただただ恐縮の外ありません、新年早〻ぐうたらの発揮なんぞは自分で自分に愛想が尽きます、といったところで、ぐうたらは何処まで行ってもぐうたら、何時になってもぐうたらで、それは私の皮膚の色が黒いのとおなじく、私の性であります、私自身さえ何うする事も出来ません、有体に白状しますれば私は我と我が身を持ち倦んでいるのです、丁度、気の弱い母親が駄々ッ児の独り息子を持て余していますように、

我に小《ち》さう籠るに耳は眼はなくも
　泥田の田螺幸《さち》もあるらむ

突然ですが、少しく事情があって当分の間、俳句、単に俳句のみならず一切の文芸に遠ざかりたいと思います、随って名残惜しくも、皆様と袖を分たねばなりません、今年は子の年ですから、仁木の鼠みたいに、また出直して来るつもりではありますが、一応お別れ

します、色々御厄介になりました、皆様、御機嫌よう。

毒ありて活く生命にや河豚汁

一月十八日午前十時

田螺公　謹んで申す

（椋鳥会五句集『河豚』明治四十五年一月）

雑信（二）

△今朝、思いがけなく本集をうけとりました。前集ほど振っていないという評には誰も異議はありますまい。句が総じてダレています。無理に拵えたらしい痕跡があります。

△私は此度もまた出句することが出来ませんでした。自分は出句もしないで、こういう勝手な文句を並べる——実は済まない、不都合千万だと思います。併し詮方がありません。私には今の処どうしても句が作れません。句作の余裕——句材があってもそれを句として発表するだけの心のユトリがありません。私は此頃非常に心身が動揺しています。それがために殆んど家業をも省みないほどの慌しい押し詰った生活を続けています。どうぞ私を赦して下さい。そしてもう少し考えさして下さい。

△五句集の組織について色々の御意見がありますが、それによって五句集に対する諸君の

熱心な真面目な態度が窺われて私は至極喜んで居ります。自から省みて自分の腑甲斐なさを責めずにはいられません。発奮せずにはいられません。

△私は私だけの意見をチョッと述べて置きます。石花菜君の説には賛成ですが、今は其時期であるまいと思います。やっぱり碧松君のいわれるように本五句集は本五句集として今迄通りの経路を進んでゆくのがよかろうと思います。一言にして尽せば私は現状維持論者です。

△一転しつつある私は懐疑に生きて居ります。私は俳句其物に就て諸君の御高見を承りたいと切望しています。句の巧拙とか優劣とかいうこと以外にまた句材とか句法とかいうものについて御経験を示して戴きたいと思います。そして時々『何故我々は句作するか』という疑問を提出して考えたり論じたりするのは一面非常に無知な、そして一面非常に意味あることだろうと信じて居ります。

△　△　△

△華やかな春にあこがれていられる石花菜君の若々しい感情を祝福する。緑大野にそそり立つ樫樹のような碧松君の堅実な歩調を尊敬する。そして折からの凩に嚔《くさめ》をしたり苦笑したりする破口栓君の心持に同情する。私は三君とりどりの態度に動かされた。私もまた私の一部を暴露したい。荒んで石塊のように硬張った私の感情を少しばかり披露したい。あの大道芸人が群衆の前にその醜い髯面をさらすように!

△私にも春があった。青い花を求め探した、黄ろい酒を飲み歩いた。赤い燃ゆるような唇を吸った。強烈なもの、斬新なもの、身も心も蕩けてしまうようなもの、熱愛する恋人を弄り殺して剖き取った肉のようなものを貪ぼった――実人生を芸術化しようとして悶え苦しんだ、悶え苦しんで何を得た？　あゝたゞアルコール中毒！
△自己批評は三人の私生児を生んだ。自棄生活、隠遁生活、そして自己破壊。私はそのいずれと結婚したか。……

深い穴がある。
冷たい風が吹く。
誰やら歩いてくる――
灰色の靄の奥から、
トボ〳〵と歩いてくる。
誰だ！
シツカリしろ！
ビク〳〵するな、
急げ、急げ、
愚図々々せずに急いで来い！

危ない、気を付けろ！
穴がある、
深い穴がある、暗い穴がある。
落ちるぞ、いつそ飛び込め！
——あ、彼は——私はヅドンと倒れた!!!
△人生には解決がない。ただ解決らしいものが一つある。それは死だ！　と誰やらが叫んだ。然かも死そのものを信じえない人にとっては死もまた解決らしくさえない！
△人生とは矛盾の別名である。矛盾に根ざして咲いた悪の華、それが芸術だと信じていた。今でもそう信じている。と同時に芸術はどうしても道楽という気がして仕方がない。現実の苦痛に泣笑しつつ都々逸でも唄いたくなる。情ない、あさましいと思うけれど、事実は飽くまでも事実である。
△放浪によりてえたる貧しき収穫より——旧作□
美しき人を泣かして酒飲みて調子ばづれのステヽコ踊る
旅籠屋の二階にまろび一枚の新聞よみて一夜をあかす
酒飲めど酔ひえぬ人はたゞ一人欄干つかみて遠き雲みる
酔覚の水飲む如く一人《いちにん》に足らひうる身は嬉しからまし

△　△　△

△先日の句会では愉快でした。持病の饒舌で諸君を煩わしたことを謝します。そして破口栓君に私はあれだけ饒舌ってもまだ饒舌り足らなかったことを伝えて置きます。最後に檳郎君にお詫します。私は本紙を七枚ばかり破棄しました。実は今夜妙に興奮していたので、筆に任せて書き続けて、さて読みかえして見ると、あまり下らない事ばかり並べているので、すまないとは思いましたけれど、そのままにして置いて同人諸君の気持を悪くするよりはましだと考えたので引き裂いて反古籠へ投り込みました。

△巡回編集としての小俳紙発行のことは漣月君からも訪問をし訪問をうけた時承りましたが、雑誌編集はなかなか困難で永続は難かろうと思いましたから、しかとした返事は致しませんでした。このことについては兼てより熟考しましたが私は巡回編集よりは寧ろ単独編集の方が永続しようと思います。二三者の手に依って単独に編集されては如何です。

△歌集、大賛成です。賛成……と意気込んでも作ることは出来ません、が作り得る様になりたいのです。十四五の頃は一寸熱中して少年界などへも投書したことがありましたが此の所は遠ざかっていますのでてんで御話になりませんが是非御仲間に入れて戴きとうございます。歌集には賛成者も多い様ですから早速に編集したいものです。編集者を誰れや彼れやと云うと暇取りますから甚だ失礼ですが最初一二度私が編集しましょう（五

句集の体裁で）、早速ですが左記に依り御投書を願います。（編集其他の事項に就ては近々回章を出します。——田螺公）

五首ずつ集

二月末日〆切　五首　最近作（題□□□）

佐波郡三田尻駅前浴永不泣子宛

（椋鳥会『初凪』　大正二年一月）

鎖ペンを握って

——三月十九日夜——　山頭火

△春と共に白楊社が生れた。あのポプラ若葉のようにすくすくと伸びゆけよと祈る。

△会名の『白楊社』は可い。（たしか一三年前に東京郊外在住の画家連中が同名の会合を組織していたと思う。今では解散したらしい）『四十女の恋』は本集の内容にふさわしくない。次号からはもっと適切な名をつけて欲しい。

△勝手な文句は並べるものの、私は不泣君の労に対しては最大級の感謝を捧げます。

△編輯は順番に為ることにしたい。各地各人の気分が出て面白かろうと思う。

△歌の数は最近作十首内外ということにしたい。それでないと、一人で二百首も三百首も出されたとき、編輯者が困る。そして十首内外ならば、ほぼ、或る纏った気分を現わすことも出来ようし、また最近作として置けば季を限る必要はない。

△歌集留置期限はまあ二三日ということにしてはどうだろう。二回まわすのだから、その位の日数にしておけばどんな忙しい人でも充分通読することが出来るだろうと思う。

△互選はせぬ方がいいらしい。その代りに読後の感想をなるたけ正直に、なるたけ詳細に書いて貰いたい。

△申合は此位にして置きたい。此以上呶々すると面白くなくなる。それから先の事は自己の芸術的良心に従って行けば可い。それで腹を立てたり拗ねたり泣き出したりするような人は野暮だ。

△ただ一つ、もう一つ、私として――無遠慮な、ぐうたら男の私として、予じめ頼んで置きたいことがある。それは、若しも何かの間違で、諸君が右の頬を打たれなすったとき(或は接吻せられることもあろう)左の頬を出されないまでも、じっと堪忍して、願わくならば微笑でもしていて下るほどの雅量を持っていて欲しいということです。小供のするような無邪気な喧嘩ならば面白いけれど、大供のする睨合には感心しません――

△兎に角、こう早く本社が成り立ったのは嬉しかった。私はエムファサイズする。今朝、

本集を手にしたとき、胸がどきどきした。初めて熱い恋を囁かれた少女のように。……笑ってはいけません。私は妻も子もある三十男ですからね！　諸君、可愛くなりませんか!!!

△本集は『春愁』『若き悲しみ』またはハイカって（少々嫌味はあるが）『二十歳《ハタチ》の峠へ、三十歳の峠から』とでも名付くべきでしたろう。若い人は大胆に若い恋を歌いたまえ。私ら中年者は中年の恋を露骨に歌います。それにしてももう少し物足りませんね。老爺《おじい》さんと……そして……フェヤセックスがいないから！

△私は以前から小っぽけな純文芸雑誌発刊の希望を胸ふかく抱いています。機が熟したら、必ず実行します。そして、その一半を俳句の椋鳥会と短歌の白楊社とに捧げたいと思うています。郷土芸術――新しい土に芽生えつつある新らしい草の匂いが、春風のように私の心をそそります。そして私の血は春の潮のように沸き立って来ます。（併し、こんなことはあまり高い声では中されません。地方雑誌の経営ではこれまで、度々失敗していますから。）

△　△　△

△春が来た。春が来たからといって、私には間投詞を並べて、可愛い溜息を洩らすほどの若々しさもなく、また、暗い穴の底へ投《ほう》り込まれたような鬱憂もないが、矛盾した自己を、やや離れた態度で、冷かに観照しうるだけの皮肉がある。シニカルな気分である。

この心持はドストエヴスキーやストリンドベルヒのそれらでなくしてチェーホフのそれに近い。微笑でもない、慟哭でもない、泣笑である。赤でもない、黒でもない、クリーム色である。

△『三十男にも春は嬉しい。』と白泉君が呟く。『嬉しくないこともないね。』と私が答える。『あまり嬉しくはないんですか。』と誰やら若い人が混ぜ返す。――こういう心持をおどけた態度でうたってみた。断るまでもなく与太郎の囈語《たわごと》みたいなものである。本号の雑録があまり淋しいから、筆序に書いて置きました。真面目に読んで下さると、諸君より先に、私の方がじっとしていられません！

（歌集『四十女の恋』所収　大正二年）

砕けた瓦

（或る男の手帳から）

私は此頃自から省みて『私は砕けた瓦だ』としみじみ感ぜざるをえないようになった。私は瓦であった、脆い瓦であった、自分から転げ落ちて砕けてしまう瓦であったのだ。玉砕ということがあるが、私は瓦砕だ。それも他から砕かれたのではなくて、自から砕いてしまったのだ。見よ、砕けて散った破片が白日に曝されてべそを掻いている。

既に砕けた瓦はこなごなに砕かれなければならない。木端微塵《こっぱみじん》砕き尽されなければならない。砕けた瓦が更に堅い瓦となるためには、一切の色彩を剝がれ、有らゆる外殼を破って、以前の粘土に帰らなければならない。そして他の新らしい粘土が加えられなければならない。

家庭は牢獄だ、とは思わないが、家庭は沙漠である、と思わざるをえない。親は子の心を理解しない、子は親の心を理解しない。夫は妻を、妻は夫を理解しない。兄は弟を、弟は兄を、そして、姉は妹を、妹は姉を理解しない。――理解していない親と子と夫と妻と兄弟と姉妹とが、同じ釜の飯を食い、同じ屋根の下に睡っているのだ。彼等は理解しようと努めずして、理解することを恐れている。理解は多くの場合に於て、融合を生まずして離反を生むからだ。反き離れんとする心を骨肉によって結んだ集団！ そこには邪推と不安と寂寥とがあるばかりだ。

泣きたい時に笑い、笑いたい時に泣くのが私の生活だ。泣きたい時に泣き、笑いたい時に笑うのが私の芸術である。

私は何故こんな下らない事ばかり書くのであろう。私が書く事はすべて、自分の恥晒しであり世上の物笑いである。それは私自身を傷づけるばかりではないか。

そう思わぬではない。こんなくだらない事はもう書くまいと思わぬではない。しかも私は書かずにはいられないのだ。書けば下らない事しか書けないのだ。あさましい心はあさましい事ばかり考える、荒んだ生活からは荒んだ思想しか生れないのだ。……もっと適切にいえば、私には世間の風評や一身の利害を無視しても、表現せずにはいられない欠陥と悔恨と苦痛とがあるのだ。

若し私が私の欠陥から脱却し得たならば——私が私自身を超越し得たならば、私は最早何にも書かないであろう。何も書かないで、安んじて生きてゆくことが出来るであろう。何となれば沈黙の福音は全き人にのみ許されるからである。

Everyman sings his own song and follows lonely path ——お前はお前の歌をうとうてお前の道を歩め、私は私の歌をうとうて私の道を歩むばかりだ。驢馬は驢馬の足を曳きずって、驢馬の鳴声を鳴くより外はない。

お前と私とは長いこと手を握り合って、同じ歌をうたいながら同じ道を進んで来た。しかも今や、二人は別々の歌をうとうて別々の道を歩まなければならなくなった。

私達は別れなければならなくなったことを悲しむ前に、理解なくして結んでいるよりも、理解して離れることの幸福を考えなければならない。

男には涙なき悲哀がある、女には悲哀なき涙がある。

○

自殺は一の悲しき遊戯である。

○

溢れて成った物は尊い、絞って作った物は愛せざるをえない、偽って拵えた物は捨ててしまえ。

○

人生は奇蹟《ミラクル》ではない、軌跡《ローカス》である。

○

真実は慈悲深くあり同時に残忍である。神に真実があるように悪魔にも亦真実がある。

○

苦痛は人生を具象化する。

○

高下駄を穿いているときは、その高下駄の高さほど背丈が高いということは解りきった事である。しかもこの解りきった事を忘れていたために、多くの悲喜劇が屢々演ぜられた。

酔わないうちに胃が酒で一杯になった、ということは悲しい事実である。

（「層雲」大正三年九月号）

○

俳句に於ける象徴的表現

井泉水氏は印象詩乃至象徴詩としての俳句について屢々語られた。しかし俳句に於ける象徴の本質に就ては説かれない。筆端が時々此問題に触れたとも言うべき程である。私は此の根本的説明に接するを待つよりも、こういう問題はお互に協力して研究すべきものではないかと思う。

病雁の夜寒に落ちて旅寝かな　芭蕉

僅かの花が散りければ梅は総身に芽ぐみぬ　井泉水

わが足跡人生ひてわれにつゞく朧　地橙孫

陽の前に鳥ないて安らかな一日　鳳車

これらの句を読んだ時、私は或る物を摑んだように思うた。私の心がぱっと光輝したように感じた。かかる傾向は層雲を中心とする人々ばかりの間に起ったのではかい《ママ》。他の二三氏によっても試みられつつある。

象徴（symbol）が符号（sign）と同じ意味であった時代は既に過ぎて了った。象徴は生命の刹那的燃焼の表現を外にして自己を全力的に表現し得ないのである。かるが故に象徴的表現しか自己を表現し得ない場合に於て、換言すれば或る刹那に於ける自己表現の方式として唯一の象徴的表現が存在する場合に於て象徴的表現は最大の効果を発輝《ママ》するのである。

そして文芸に於ては詩、殊に俳句は性質上又形式上かくの如き境地をかくの如き方式によって表現せざるを得ないのである。

広い意味新しい意味に於ての象徴主義は霊肉合致であり神人渾融である。そして古典主義と浪漫主義（自然主義以後のそれらで『新』字を附せられている）との合一である（中村星湖氏片上伸氏等の最近論文参照）。私にはよく解らないが当来の新文芸は象徴主義によって生れるのではないかとも思う。

象徴的表現ということに関聯して忘れてならないのは言葉というものの真意義である。言語を生かさなければ――言葉が生命とならなければ――言葉が生命となった詩でなければ、まことの象徴詩ではない。そして我々の心が物心一如の境地に到達しなければ言葉は我々の生命となり得ないのである。

（「樹」八号　大正三年十二月）

『あきらめ』ということほど言い易くして行い難いことはない。それは自棄ではない、盲従ではない、事物の情理を尽して後に初めて許される『魂のおちつき』である。

赤い壺

私は酒席に於て最も強く自己の矛盾を意識する、自我の分裂、内部の破綻をまざまざと見せつけられる。酔いたいと思う私と酔うまいとする私とが、火と水とが叫ぶように、また神と悪魔とが戦うように、私の腹のどん底で噛み合い押し合い啀《いが》み合うている。そして最後には、私の肉は虐げられ私の魂は泣き濡れて、遣瀬ない悪夢に沈んでしまうのである。

私自身は私というものを信ずることが出来ないのに他人が私を信じてくれるとは何という皮肉であろう！

遠い死は恐ろしく近い死は懐かしい。

死を意識して、そして死に対して用意する時ほど、冷静に自己を観照することはない。死が落ちかかれば自己の絶滅であるが、死の近づき来ることによって自己の真実を摑むことが出来る。

悪魔の手は摑もう摑もうとしている。それだけでも悪魔の心は親しいものではないか。

結婚して後悔しないものが何人あるか、親となって後悔しないものが何人あるか。――私も亦、その何人の中の一人であることを悲しむ。

最初には酔覚の水がうまくて水を飲んでいたが度々飲み続けているうちに、水そのものを味わい飲むようになった。そして水を飲まずにはいられないようになった。

彼が真実を主張したとき、彼の周囲の人々は同意し讃嘆した。しかし彼が進んで真実を実行したとき、人々は怒罵し嘲笑した。斯くして彼は彼の周囲から永久に別れてしまったのである。

強者は破壊する、弱者は弥縫する。強者は創造する、弱者は模倣する。

すべてに失望した人――生きていても詰らない、死ぬるのも詰らないと思う人は再び官能の陶酔に帰って来る。そして野良猫が残肴を漁るように、爛れた神経の尖端で腐肉の中を吸いまわる。彼は闇にうごめく絶望の影である。しかも彼は往々にして――若しも彼が真摯であるならば――そこで『神の子を孕める悪魔』を捉えることがある。

遊蕩児にただ一つ羨ましい事がある。彼は歓楽の悲哀――それは恐らく遊蕩児のみが味わい得る――『泣笑』とでも呼びたい情趣を色読している。

地獄から来た男は走らない、叫ばない。黙って地上を見詰めつつ歩む。

歓楽に誘惑がある如く、苦痛にも魅力がある。生存がただ苦痛であって、そして死を恐れない人がその儘生きているのは、屢々、生存慾のためよりも苦痛の底の甘味を解している故である。

（「層雲」大正五年一月号）

赤い壺（二）

自分の道を歩む人に堕落はない。彼にとっては、天国に昇ろうとまた地獄に落ちようとそれは何でもない事である、道中に於ける夫々《それぞれ》の宿割に過ぎない。

優秀な作品の多くは苦痛から生れる。私は未だ舞踏の芸術を解し得ない。私は所謂、法悦なるものを喋々する作家の心事を疑う。此意味に於て、現在の私は『凄く光る詩』のみを渇望している。

涙が涸れてしまわなければ、少くとも涙が頬を流れないようにならなければ、孤独の尊厳は解らない。

ほんとうに苦しみつつある人は、救われるとか救われたいとかいうことを考えない。そういう外的な事を考えるような余裕がないのである。

空には星が瞬たいている。前には海が波打っている。曙を待つ私の心は暗い。この暗さの中で私の思想は芽吹きつつある。私は悩ましい胸を抑えて吐息を洩らしている。その吐息の一つ一つが私の作品である。

夜は長いであろう。しかし夜はいかに長くても遂には明けるであろう。明けざるをえないであろう。闇の寂しさ恐ろしさに堪えて自己を育てつつある人の前には、きっと曙が現われて来る。

同情したからとて涙を流す勿れ、同感だといって手を拍つ勿れ。心と心とのつながりは屡々、涙を流したり拍手したりすることのために破られた。

二羽の雀が一銭であるとて嘆く勿れ。それは死んだ雀の価である。生きた雀は自由に大空を翔けりつつあるではないか。

傷づけられて――傷づけられることによって生きてゆくものがある。

自己の醜劣に堪え得なくなって、そして初めて自己の真実を見出し得るようになる。

義人は苦しむ。偉大なる義人とは深刻なる苦痛を嘗めて来た人である。

正しきものは苦しまざるを得ない。正しきものは、苦しめば苦しむほど正しくなる。苦痛は思想を深め生活を強くする。苦痛は生を浄化する。

真面目な人と真面目な人とが接したところにのみ生の火花が閃めく。彼等は友となるか、然らざれば敵となる、敵とならなければ友とならざるを得ないからである。

日本人ほど自然を眺める国民はない。そして日本人ほど自然を知らない国民はない。

日本人ほど小児を可愛がる国民はない。そして日本人ほど小児の心を理解しない国民はない。

（「層雲」大正五年二月号）

赤い壺　（三）

物を弄ぶのはその物の真髄を知らないからである。理解は時として離反を齎《もた》らすけれど、断じて玩弄というような軽浮なものを招かない。

鏡を持たない人は幸福である。その人は自分が最も美しいと信じきっている。私はそういう見すぼらしい幸福を観るにも堪えない。

自己を愛するということは自己に佞《おも》ねることではない、自己に寛大であることではない。真に自己を愛するものは、自己に対して最も峻厳であり残酷でさえある。

自分の罪を許すことの出来ない人は他の罪を許すことも出来ない。他の罪を責める人は、より多くの自分の罪を責める人でなければならないと同じ道理である。

生存は悲痛なる事実である。その悲痛なる事実であることを理解することによって、そしてその悲痛なる事実の奥底まで沈潜することによってのみ堪え得られる事実である。

妻があり子があり、友があり、財があり、恋があり酒があって、尚お寂しいのは自分というものを持っていないからである。

張りきった心、しかも落ちついた心でありたい。何物をも拒まない、何物にも動かされない心でありたい。

蒔いた人は刈れ、蒔いた人のみ刈れ。蒔いた人の強さよ、刈る人の尊さよ。

自然に対して俟ねるなかれ。

自己を掘る人の前にはたった一つの道しかない。狭い険しい、ともすれば寂しさに泣かるる道しかない。

叱られて泣いた昨日があった。殴られて腹も立たない今日である。――悔なき明日が来なければならない。

外部の圧迫は内部の破綻を緊密にする。そこに人間性の痛切な一面がある。

死を恐れないのではない、死よりも恐ろしいものがあるからである。

肉を虐げることによって霊を慰める人のはかなさは！

霊肉合致とは霊が肉を征服することでなくして肉が霊のあらわれとなることである。

彼が堕落の悲しさよ、彼は真摯なるが故に堕落したのである。

骨肉のなつかしさ、骨肉のあさましさ。

犠牲という言葉のためにはあまりに多くの犠牲が払われた。

（「層雲」大正五年三月号）

最近の感想

現時の俳壇に対して望ましい事は多々あるが、最も望ましい事の一つは理解ある俳論の出現である。かつて島村抱月氏は情理をつくした批評ということを説かれた。それとおなじ意味に於て、私は『情理をつくした俳論』を要望する。

合しても離れても、また讃するにしても貶するにしても、すべてが理解の上に立っていなければならない。個々の心は或は傾向を異にし道程を異にするであろう。しかしながら、それらはすべて真実から出発していなければならない。

評者の心は作者の心にまで分け入らなければならない。広い正しい心は毒舌や先入見や一時の感情を超絶する。つつましやかにしてしかも力強く、あたたかにしてしかも権威ある批判は、魂と魂、真実と真実とが接触するところから生まれる。私は人間本来の声――その声に根ざした俳論を熱求して居る。

季題論が繰り返される毎に、私は一味の寂しさを感じないでは居られない。ただ季題という概念肯定のために――むしろ季題という言葉の存在のために、多くの論議が浪費されつつあるではないか。もしも季題というものが俳句の根本要素であるならば、季題研究は全然因襲的雰囲気から脱離して、更に更に根本的に取扱われなければならない。

私は季題論を読むとき、季題という言葉よりも自然という言葉を使用する方がより多く妥当であり適切であると思う。

俳句を止めるとか止めないとかいう人が時々ある。何という薄っぺらな心境であろう。止めようと思って止められるような俳句であるならば、止めまいと思うても止んでしまうような俳句であるならば、それはまことの詩ではない。止めるとか止めないとか、好きとか嫌いとかいうようなことを超越したところに、まことの詩としての俳句存在の理由がある。自我発現乃至価値創造の要求を離れて句作の意義はない。

直接的表現を云々する態度は間接的態度である。現実味と真実味とを区分したり、人生味と自然味と優劣を争うたりする境地を脱していない。考うべき問題はもっと奥にある。第一義の問題をそのままにして置いて第二義第三義の問題に没頭するとき、俳壇は堕落するばかりである。

一切の事象は内部化されなければならない。内部化されて初めて価値を持つ。生命ある作品とは必然性を有する作品である。必然性は人間性のどん底にある。詩人は自発的でなければならない。価値の創造者でなければならない。新らしい俳人はまず人間として苦しまなければならない。苦しみ、苦しみ、苦しみぬいた人間のみが詩人である。——(九、二六、夜)——

(「樹」大正五年十一月号)

白い路

熟した果実がおのずから落ちるように、ほっかりと眼が覚めた。働けるだけ働いて、寝たいだけ寝た後の気分は、安らかさのうちに一味の空しさを含んでいる。……

妻はもう起きて台所をカタコト響かせている。その響が何となく寂しい。……寂しさを感じるようではいけないと思って、ガバと起きあがる。どんより曇って今にも降り出しそうだ。何だか嫌な、陰鬱な日である。凶事が落ちかかって来そうな気がして仕方がない。

急いで店の掃除をする。手と足とを出来るだけ動かす。とやかくするうちに飯の仕度が出来たので、親子三人が膳の前に並ぶ。暖かい飯の匂い、味噌汁の匂いが腹の底まで沁み込んで、不平も心配もいつとなく忘れてしまう。朝飯の前後は、私のようなものでも、いくらか善良な夫となり、慈愛ある父となる。そして世間で所謂 sweet home の雰囲気を少しばかり嗅ぐことが出来る!

今日は朝早くからお客さんが多い。店番をしながら、店頭装飾を改める。貧弱な商品を並べたり拡げたり、額縁を出したり入れたりする。自分の欠点が嫌というほど眼について腹立たしい気分になるので、気を取り直しては子と二人で、栗を焼いたり話したりする。久し振りに栗を食べた。なかなか甘い。故郷から贈ってくれたのだと思うと、そのなかに故郷の好きな味いと嫌な匂いとが潜んでいるようだ。

午後、妻子を玩具展覧会へ行かせる。久々で母子打連れて外出するので、いそいそとして嬉しそうに出て行く。その後姿を見送っているうちに、覚えずほろりとした。

下らない空想をはらいはらい、仕入の事や、店頭装飾の事を考える。——絵葉書とか額椽とか文学書とかいうものは、陳列の巧拙によって売れたり売れなかったりする場合が多い。同業者の一人が「我々の商品は売れるものでなくて売るものである」といったそうであるが、実に経験が生んだ至言である。米屋や日用品店なぞと違って、いつも積極的に自動的に活動していなければならない。始終中《しょっちゅう》、清新の気分を保っていなければならない。苦しい事も多い代りには、面白い事も多い。

二時間ばかり経って、妻子が帰って来た。子供が、陳列してある玩具を片端から買ってくれといって困ったという。まだ困った顔をしている。――滑稽な悲劇である。

夕方、駅から着荷の通知があった。在金一切掻き集めて、受取に行こうとしているところへ、折悪く納税貯金組合から集金に来た。詮方なしに駅行を止める。今日も亦、貧乏の切なさを味わせられた。――もうだいぶ慣れて、さほど痛切ではないけれど。――

厳密に論ずれば、貧乏は或る一つの罪悪であるかも知れない。しかし現在の社会制度に於ては――少くとも現在の私の境遇にあっては、それは恥ずべきことでもなければ誇るべきことでもない、不幸でもなければ幸福でもない、否、寧ろ幸福であるといえよう。私は「貧乏」によって、肉体的にさえも二つの幸福を与えられた。一つは禁酒であり、他の一つは飯を甘く食べることである。そして私は貧乏であることによって益々人間的になり得るらしく信じている。若し貧乏に哲学が在るとすれば、それは「微笑の哲学」でなければならない！

夜は早く妻に店番を譲って寝床へ這い込む。いつもの癖で、いろいろの幻影がちらつく。私の前には一筋の白い路がある、果てしなく続く一筋の白い路が、……（大正五年十一月廿七日の生活記録より）

（「層雲」大正六年一月号）

出家以後

寝床〔扉の言葉〕

ここへ移って来てから、ほんとうにのびやかな時間が流れてゆく。自分の寝床――それはどんなに見すぼらしいものであっても――を持っているということが、こんなにも身心を落ちつかせるものかと自分ながら驚ろいているのである。

仏教では樹下石上といい一所不住ともいう。ルンペンは『寝たとこ我が家』という。しかし、そこまで徹するには悟脱するか、または捨鉢にならなければならない。とうてい私たちのような平々凡々の徒の堪え得るところでない。

家を持たない秋が深うなつた
霜夜の寝床が見つからない

そうろうとして歩きつづけていた私は、私相応の諦観は持っていたけれど、時としてこういう嘆息を洩らさずにはいられなかった。
人生の幸福とはよい食慾とよい睡眠とに外ならないと教えられたが、まったくそうである。ここでは食慾の問題には触れないでおく。私たちは眠らなければならない。いや眠らずにはいられない。しかも眠り得ない人々のいかに多いことよ。眠るためには寝床が与えられなければならない。よく眠るためにはよい寝床が与えられなければならない。彼等に寝床を与えよ。

×

重荷おもくて唄うたふ　　山頭火

味取観音堂に於て

松はみな枝垂れて南無観世音　　耕畝

久しぶりに掃く垣根の花が咲いてゐる　　同

ねむりふかい村を見おろし尿する　　同

（「三八九」第壱集　昭和六年二月二日発行）

漬物の味〔扉の言葉〕

私は長いあいだ漬物の味を知らなかった。ようやく近頃になって漬物はうまいなあとしみじみ味うている。

清新そのものともいいたい白菜の塩漬もうれしいが、鼈甲のような大根の味噌漬もわるくない。辛子菜の香味、茄子の色彩、胡瓜の快活、糸菜の優美、――しかし私はどちらかといえば、粕漬の濃厚よりも浅漬の淡白を好いている。

よい女房は亭主の膳にうまい漬物を絶やさない。私は断言しよう、まずい漬物を食べさせる彼女は必らずよくない妻君だ！

山のもの海のもの、どんな御馳走があっても、最後の点睛はおいしい漬物の一皿でなければならない。

漬物の味が解らないかぎり、彼は全き日本人ではあり得ないと思う。そしてまた私は考える、――漬物と俳句との間には一味相通ずるところの或る物があることを。――

（「三八九」第弐集　昭和六年三月五日発行）

水〔扉の言葉〕

禅門――洞家には『永平半杓の水』という遺訓がある。それは道元禅師が、使い残しの半杓の水を桶にかえして、水の尊いこと、物を粗末にしてはならないことを戒められたのである。そういう話は現代にもある、建長寺の龍淵和尚（？）は、手水をそのまま捨ててこ《ママ》まった侍者を叱りつけられたということである。使った水を捨てるにしても、それをな、おざりに捨てないで、そこらあたりの草木にかけてやる、――水を使えるだけ使う、いいかえれば、水を活かせるだけ活かすというのが禅門の心づかいである。物に不自由してから初めてその物の尊さを知る、ということは情ないけれど、凡夫としては詮方もない事実である。海上生活をしたことのある人は水を粗末にしないようになる。水のうまさ、ありがたさはなかなか解り難いものである。

　へうへうとして水を味ふ

　こんな時代は身心共に過ぎてしまった。その時代にはまだ水を観念的に取扱うていたから、そして水を味うよりも自分に溺れていたから。

　腹いっぱい水を飲んで来てから寝る

放浪のさびしいあきらめである。それは水のような流転であった。

　岩かげまさしく水が湧いてゐる

そこにはまさしく水が湧いいた、その水のうまさありがたさは何物にも代えがたいものであった。私は水の如く湧き、水の如く流れ、水の如く詠いたい。

（「三八九」第三集　昭和六年三月三十日発行）

故郷〔扉の言葉〕

家郷忘じ難しという。まことにそのとおりである。故郷はとうてい捨てきれないものである。それを愛する人は愛する意味に於て、それを憎む人は憎む意味に於て。さらにまた、予言者は故郷に容れられずという諺もある。えらい人はえらいが故に理解されない、変った者は変っているために爪弾きされる。しかし、拒まれても嘲られても、それを捨て得ないところに、人間性のいたましい発露がある。錦衣還郷が人情ならば、襤褸をさげて故園の山河をさまようのもまた人情である。

近代人は故郷を失いつつある。故郷を持たない人間がふえてゆく。彼等の故郷は機械の間かも知れない。或はテーブルの上かも知れない。或はまた、闘争そのもの、享楽そのものかも知れない。しかしながら、身の故郷はいかにともあれ、私たちは心の故郷を離れてはならないと思う。

自性を徹見して本地の風光に帰入する、この境地を禅門では『帰家穏座』と形容する。ここまで到達しなければ、ほんとうの故郷、ほんとうの人間、ほんとうの自分は見出せない。

自分自身にたちかえる、ここから新らしい第一歩を踏み出さなければならない。そして歩み続けなければならない。

私は今、ふるさとのほとりに庵居している。とうとうかえってきましたね——と慰められたり憐まれたりしながら、ひとりしずかに自然を観じ人事を観じている。余生いつまで保つかは解らないけれど、枯木死灰と化さないかぎり、ほんとうの故郷を欣求することは忘れていない。

（「三八九」復活第四集　昭和七年十二月十五日発行）

独慎〔扉の言葉〕

昭和八年一月一日、私はゆうぜんとしてひとり（いつもひとりだが）ここにこうしてかしこまっていた。

昨年は筑前の或る炭坑町で新年を迎えた。一昨年は熊本で、五年は久留米で、四年は広島で、三年は徳島で、二年は内海で、元年は味取で。——

一切は流転する。流転するから永遠である、ともいえる。流れるものは流れるがゆえに常に新らしい。生々死々、去々来々、そのなかから、或はそのなかへ、仏が示現したまうのである。

私はまだ『あなたまかせ』にまで帰納しきっていないことを恥じるが、与えられるものは、たとえそれがパンであろうと、石であろうと、何であろうとありがたく戴くだけの心がまえは持っているつもりである。

行乞の或る日、或る家で、ふと額を見たら、『独慎』と書いてあった。忘れられない語句である。これは論語から出ていると思うが、その意味は詮ずるところ、自分を欺かないということであろう。自分が自分に嘘をいわないようになれば、彼は磨かれた人である。人物に大小はあっても人格の上下はない。

私は五十二歳の新年を迎えた。ふりかえりみる過去は『あさましい』の一語で尽きる。ただ感情を偽らないようにして生きていたことが、せめてものよろこびである。

独慎——この二字を今年の書き初めとして、私は心の紙にはっきりと書いた。

（「三八九」第五集　昭和八年一月二十日発行）

道〔扉の言葉〕

いつぞや、日向地方を行乞した時の出来事である。秋晴の午後、或る町はずれの酒屋で生一本の御馳走になった。下地は好きなり空腹でもあったので、ほろほろ気分になって宿のある方へ歩いていると、ぴこりと前に立ってお辞儀をした男があった、中年の、痩せて蒼白い、見るから神経質らしい顔の持主だった。

『あなたは禅宗の坊さんですか。……私の道はどこにありましょうか』

『道は前にありますゝまっすぐにお行きなさい』

私は或は路上問答を試みられたのかも知れないが、とにかく彼は私の即答に満足したらしく、彼の前にある道をまっすぐに行った。

道は前にある、まっすぐに行こう。――これは私の信念である。この語句を裏書するだけの力量を私は具有していないけれど、この語句が暗示する意義は今でも間違っていないと信じている。

句作の道――道としての句作についても同様の事がいえると思う。句材は随時随処にある、それをいかに把握するか、言葉をかえていえば、自然をどれだけ見得するか、そこに彼の人格が現われ彼の境涯が成り立つ、彼の句格が定まり彼の句品が出て来るのである。

平常心是道、と趙州和尚は提唱した。総持古仏は、逢茶喫茶逢飯喫飯と喝破された。これは無論『山非山、水非水』を通しての『山是山、水是水』であるが、山は山でよろしい、水は水でよろしいのである。一茎草は一茎草であって、そしてそれは仏陀である。南無一茎草如来である。

道は非凡を求むるところになくして、平凡を行ずることにある。漸々修学から一超直入が生れるのである。飛躍の母胎は沈潜である。

所詮、句を磨くことは人を磨くことであり、人のかがやきは句のかがやきとなる。人を離れて道はなく、道を離れて人はない。

道は前にある、まっすぐに行こう、まっすぐに行こう。

（「三八九」第六集　昭和八年二月二十八日発行）

私を語る

――（消息に代えて）――

私もいつのまにやら五十歳になった。五十歳は孔子の所謂、知命の年齢である。私にはまだ天の命は解らないけれど、人の性は多少解ったような気がする。少くとも自分の性だけは。――

私は労れた。歩くことにも労れたが、それよりも行乞の矛盾を繰り返すことに労れた。袈裟のかげに隠れる、嘘の経文を読む、貰いの技巧を弄する、――応供の資格なくして供養を受ける苦脳《ママ》には堪えきれなくなったのである。

或る時は死ねない人生、そして或る時は死なない人生。生死去来真実人であることに間違はない。しかしその生死去来は仏の御命でなければならない。

征服の世界であり、闘争の時代である。人間が自然を征服しようとする。人と人とが血みどろになって摑み合うている。敵か味方か、勝つか敗けるか、殺すか殺されるか、――白雲は峯頭に起るも、或は庵中閑打坐は許されないであろう。しかも私は、無能無力の私は、時代錯誤的性情の持主である私は、巷に立ってラッパを吹くほどの意力も持っていない。私は私に籠る、時代錯誤的生活に沈潜する。『空』の世界、『遊化』の寂光土に精進するより外ないのである。

本来の愚に帰れ、そしてその愚を守れ。

私は、我がままな二つの念願を抱いている。生きている間は出来るだけ感情を偽らずに生きたい。これが第一の念願である。言いかえれば、好きなものを好きといい、嫌いなものを嫌いといいたい。やりたい事をやって、したくない事をしないようになりたいのである。そして第二の念願は、死ぬる時は端的に死にたい。俗にいう『コロリ往生』を遂げることである。

私は私自身が幸福であるか不幸であるかを知らないけれど、私の我がままな二つの念願がだんだん実現に近づきつつあることを感ぜずにはいられない。放てば手に満つ、私は私の手をほどこう。

ここに幸福な不幸人の一句がある。——

このみちや
いくたりゆきし
われはけふゆく

（「三八九」第壱集）

私の生活

あんまり早く起きたところで仕方がないから、それに今でもよく徹夜するほど夜更しをする性分の私だから、自分ながら感心するほど悠然として朝寝をする。といっても此頃では八時九時には起きる。起きる直ぐ、新聞を丸めた上へ木炭を載せかけた七輪を煽ぎ立てる。米を洗う、味噌を摺る。冬の水は冷たい、だから肉体労働をしたことのない私の手はヒビだらけだ。ドテラ姿で、古扇子で七輪を煽いでいる、ロイド眼鏡のオヤジの恰好は随分珍妙なものに違いない。しかも、そこでまた自分ながら感心するほど綿々密々として、米を洗い味噌を摺るのである。ありもしない銭を粗末にする癖に、断然一粒の米も拾うて釜へ入れるのである。釜が吹くと汁鍋とかけかえる。それが出来ると、燠を火鉢に移して薬鑵をかける。実にこのあたりの行持はつつましくもつつましいものである。思うに彼が、いや私がたとえナマクサ坊主であるにせよ、元古仏『半杓の水』の遺訓までは忘れることが出来ないからである。（ここまで書いたらもう余白がなくなった。集を追うて余白がある毎に書き続けるつもり）

（「三八九」第弐集）

私の生活（二）

御飯ができ、お汁ができて、そして薬缶を沸くようにしておいて、私は湯屋へ出かける。朝湯は今の私に与えられているゼイタクの一つである、私は悠々として、そして黙々として朝湯を享楽する（朝湯については別に扉の言葉として書く）。過現未一切の私が熱い湯の中に融けてしまう快さ、とだけ書いておく。

湯から帰ると、手製の郵便受函に投げ込まれてある郵便物を掴んで、いそいそと長火鉢の前にあぐらをかく、一つ一つ丹念に読む、読んでは微笑する、そして返事を認める、それを持って角のポストまで行く、途中きっと尿する、そこは花畑だ、紅白紫黄とりどりの美しさである、帰って来て、香ばしい茶をすする、考えるでもなく、考えないでもなく、自分が自分の自分であることを感じる。——この時ほど私は生きていることのよろこびを覚えることはない、そして死なないでよかったとしみじみ思う。
それから、朝食兼昼食がはじまるのであるが、もう余白がなくなった。余白といえば、私の生活は余白的だ、厳密にいえば、それは埋草にも値しないらしい。

（「三八九」第三集）

歩々到着

禅門に「歩々到着」という言葉がある。それは一歩一歩がそのまま到着であり、一歩は一歩の脱落であることを意味する。一寸坐れば一寸の仏という語句とも相通ずるものがあるようである。
私は歩いた、歩きつづけた、歩きたかったから、いや歩かなければならなかったから、いやいや歩かずにはいられなかったから、歩いたのである、歩きつづけているのである。きのうも歩いた、きょうも歩いた、あすも歩かなければならない、あさってもまた。——

木の芽草の芽歩きつづける
はてもない旅のつくつくぼうし
けふはけふの道のたんぽぽさいた

□

どうしようもないワタシが歩いてをる

（「春菜」層雲二百五十号記念集　昭和七年五月刊）

『鉢の子』から『其中庵』まで

この一篇は、たいへんおそくなりましたけれど、結庵報告書ともいうべきものでありります。井師をはじめ、北朗兄、緑平兄、酒壺洞兄、元寛兄、白船兄、樹明兄、そのほか同人諸兄姉の温情によって、句集が出版され、草庵が造作されました。おかげで私は山村庵居の宿題を果すことが出来て、朝々、山のしずけさ人のあたたかさを満喫しております。ここに改めてお礼とお詫とを申し上げる次第であります。

一昨年――昭和五年の秋もおわりに近い或る日であった。私は当もないそして果てもない旅のつかれを抱いて、緑平居への坂をのぼっていった。そこにはいつものように桜の老樹がしんかんと並び立っていた。

枝をさしのべてゐる冬木

さしのべている緑平老の手であった。私はその手を握って、道友のあたたかさをしみじみと心の底まで味わった。

私は労れていた。死なないから、というよりも死ねないから生きているだけの活力しか持っていなかった。あれほど歩くことそのことを楽しんでいた私だったが、

『歩くのが嫌になった』

と呟かずにはいられない私となっていた。それほど私の身は労れていたのである。

『あんたがほんとに落ちつくつもりなら』緑平老の言葉はあたたかすぎるほどあたたかだった。

こうして其中庵の第一石は置かれたけれど、じっとしていられる身ではない。私はひとまず熊本へ帰ることにした（実をいえば、私には行く方向はあっても帰る場所はないのである）。

冬雨の降る夕であった。私はさんざん濡れて歩いていた。川が一すじ私といっしょに流れていた。ぽとり、そしてまたぽとり、私は冷たい頬を撫でた。笠が漏りだしたのだ。

笠も漏りだしたか

この網代笠は旅に出てから三度目のそれである。雨も風も雪も、そして或る夜は霜もふせいでくれた。世の人のあざけりからも隠してくれた。自棄の危険をも守ってくれた。

——その笠が漏りだしたのである。——私はしばらく土手の枯草にたたずんで、涸れてゆ

く水に見入った。
あなたこなたと歩きつづけて、熊本に着いたのはもう年の暮だった。街は師走の賑やかさであったが、私の寝床はどこにも見出せなかった。
霜夜の寝床が見つからない
これは事実そのままを叙したのであるけれど、気持を述べるならば、
霜夜の寝床がどこかにあらう
となる。じっさい、そういう気持でなければこういう生活が出来るものでない。しかしこれらの事実や気持の奥に、叙するよりも、述べるよりも、詠うべき或物が存在すると思う。
ようやくにして、場末の二階を間借りすることが出来た。そしてさっそく『三八九』を出すことになった、当面の問題は日々の米塩だったから（ここでもまた、井師、緑平老、元寛、馬酔木、寥平の諸兄に対して感謝の念を新らしくする）。
明けて六年、一月二月三月と調子よく万事運ぶようであったが、結局はよくなかった。内外から破綻した。ただに私自身が傷ついたばかりでなく、私の周囲の人々をも傷つけるような破目になった。
事の具体的記述は避けよう、過去の不愉快を繰り返して味わいたくないから。
私はまた旅に出るより外はなかった。

何処へ行く、東の方へ行こう。何処まで行く、其中庵のあるところまで。

六年が暮れて七年の正月には、私は緑平居でお屠蘇を頂戴していた。そしてボタ山を眺めながら話し合っていた。

ここで、其中庵の第二石が置かれた。今暫らく行乞の旅を続けているうちに、造庵の方法を講じてあげるとのことであった。

私は身も心も軽く草鞋を穿いた。あの桜の老樹の青葉若葉を心に描きながら坂を下りて行った。

福岡へ、唐津へ、長崎へ、それから島原へ、佐賀へ、神湊へ、八幡へ、戸幡へ、小倉へ、門司へ、そしておもいでふかい海峡を渡った。

徳山、小郡、——この小郡に庵居するようになろうとは、私も樹明兄も共に予期していなかった。因縁所生、物は在るところのものに成る。

句集の原稿は、緑平居で層雲から写してまとめたが、句数は僅々百数十句に過ぎなかった。これが、これだけが行乞流転七年の結晶であった。

私はその句稿を頭陀袋におさめて歩きつづけた。石を磨いて玉にしようとは思わないが、石には石だけの光があろう、磨いて、磨いて、磨きあげて、せめて石は石だけの光を出そうと努めるのが、私のような下根のなぐさめであり力である。

しかし、私にはまだ自選の自信がなかったので、すまないとは思いながら、井師に厳選をお願いした、師が快く多忙な貴重な時間を割いて、何から何まで行き届いたお心づかいに対しては、まことに何ともお礼の申しあげようがない。

句集出版については北朗兄を煩わした。まだ一面の識もない私に示された好意と斡旋とは永久に忘れることがないであろう。

そしてさらに、後援会の事務一切を一身に引き受けて、面倒至極な事務をあんなに手際よく取り捌いて下さった酒壺洞兄に心からの謝意を表することを忘れてはならない。

緑平老、白船老の厚情については説くまでもあるまいが、元寛兄、俊兄、星城子兄、入雲洞兄、樹明兄、敬治兄等の並々ならぬ友誼については、ここで感謝の一念を書き添えずにはいられない。

こうして、身にあまる恩恵につつまれつつ、私は東漂西泊した。鉢の子という題名は私の句集にふさわしいものであった。一鉢千家飯、自然が人が友が私に米塩と寝床とをめぐんだ。

庵居の場所を探ねるにあたって、私は二つの我儘な望みを持っていた。それが山村であること、そして水のよいところか、または温泉地であることであった。

最初、嬉野温泉でだいぶ心が動いた、そこは、水もよく湯もよかった。視野が濶けすぎて、周囲がうるさくないこともなかったけれど、行乞の便利は悪くなかった。しかし何分にも手がかりがない。見知らぬ乞食坊主を歓迎するほどの物好きな人を見つけることが出来なかった。

ついで足をとめたのが川棚温泉である。関門の都市に遠くない割合に現代化していない。山もうつくしいし湯もあつい。ことにうれしいのは友の多い都市に近いことであった。私はひとりでここが死場所であるときめてしまった。

花いばらここの土とならうよ

こんな句が口をついて出るほどひきつけられたので、さっそく土地借入に没頭した。人の知らない苦心をして、やっと山裾の畑地一劃を借入れる約束はしたが、それからが難関であった。当村居住の確実な保証人を二人立ててくれというのである。幸にして幸雄兄の知辺があるので、紹介して貰って奔走したけれど、田舎の人は消極的で猜疑心が強くて、出来そうで出来ない。一人出来たと喜べば、二人目が破れて悲しませる。二人目が承諾すると、一人目が拒絶する。——私はこの時ほど旅人のはかなさを感じたことはない。

　ひとりきいてゐてきつつき

思案にあまって、山路をさまようて、聞くともなく、そして見るともなく、啄木鳥に出逢ったのであった。

私は殆んど捨鉢な気分にさえ堕在していた。憂鬱な暑苦しい日夜であった。私はどうにかせずにはいられないところまでいっていたのである。

だが、私はこんなに未練ぶかい男ではなかった筈だ。むろん人間としての執着は捨て得ないけれど、これほど執着するだけの理由がどこにあるか。何事も因縁時節である、因縁が熟さなければ、時節が到来しなければ何事も実現するものではない。なるようになれではいけないが、なるようにしかならない世の中である。行雲流水の身の上だ、私は雲のように物事にこだわらないで、流れに随って行動しなければならない。

去ろう、去ろう、川棚を去ろう。さらば川棚よ、たいへんお世話になった。私は一生涯川棚を忘れないであろう。川棚よ、さらば。

　けふはおわかれの糸瓜がぶらり

私の心は明るいとはいえないまでも重くはなかった。私の行手には小郡があった、そこには樹明兄がいる。そのさきには敬治兄がいる。その近くのA村は水が清くて山がしずかだった。それを私ははっきりと記憶している。

『もし川棚の方がいけないようでしたら、ここにも庵居するに似合な家がないでもありませんよ。』此夏二度目に樹明兄を訪ねてきた時、兄が洩らした会話の一節だった。私はその時はまだ川棚に執着していたので、その深切だけを頂戴した。それが今はその深切の実を頂戴すべく、ひょうぜんとしてやってきたのである。

或る家の裏座敷に取り敢えず落ちついた。鍋、釜、俎板、庖丁、米、炭、等々と自炊の道具が備えられた。

二人でその家を見分に出かけた。山手の里を辿って、その奥の森の傍、夏草が茂りたいだけ茂った中に、草葺の小家があった。久しく風雨に任せてあったので、屋根は漏り壁は落ちていても、そこには私をひきつける何物かがあった。

私はすっかり気に入った。一日も早く移って来たい希望を述べた。樹明兄は喜んで万事の交渉に当ってくれた。

屋根が葺きかえられる。便所が改築される（というのは、独身者は老衰の場合を予想しておかなければならないから）。畳を敷いて障子を張る。——樹明兄、冬村兄の活動振は眼ざましいというよりも涙ぐましいものであった。

昭和七年九月二十日、私は其中庵の主となった。

私が探し求めていた其中庵は熊本にはなかった、嬉野にも川棚にもなかった。ふる郷のほとりの山裾にあった。茶の木をめぐらし、柿の木にかこまれ、木の葉が散りかけ、虫があつまり、百舌鳥が啼きかける廃屋にあった。

廃人、廃屋に入る。

それは最も自然で、最も相応しているではないか。水の流れるような推移ではないか。自然が、御仏が友人を通して指示する生活とはいえなかろうか。

今にして思えば、私は長く川棚には落ちつけなかったろう（幸雄兄の温情にここで改めてお礼を申しあげる）。川棚には温泉はあるけれど、ここのような閑寂がない。しめやかさがない。

私は山を愛する。高山名山には親しめないが、名もない山、見すぼらしい山を楽しむ。ここは水に乏しいけれど、すこしのぼれば、雑草の中からしみじみと湧き出る泉がある。

私は雑木が好きだ。この頃の櫨《はぜ》の葉のうつくしさはどうだ。夜ふけて、そこはかとなく散る木の葉の音、おりおり思いだしたように落ちる木の実の音、それに聴き入るとき、私は御仏の声を感じる。

雨のふる日はよい。しぐれする夜のなごやかさは物臭な私に粥を煮させる。

風もわるくない。もう凩らしい風が吹いている。寝覚の一人をめぐって、凩はどこから来てどこへ行くのか。さみしいといえば人間そのものがさみしいのだ。さみしがらせようとうたった詩人もあるではないか。私はさみしさがなくなることを求めない。むしろ、さみしいからこそ生きている、生きていられるのである。

ふるさとはからたちの実となつてゐる

そのからたちの実に、私は私を観る。そして私の生活を考える。

雨ふるふるさとはなつかしい。はだしであるいていると、蹠《あしうら》の感触が少年の夢をよびかえす。そこに白髪の感傷家がさまようているとは。——

あめふるふるさとははだしであるく

最後に私は、川棚で出来た句『花いばら、ここの土とならうよ』の花いばらを茶の花におきかえなければならなくなったことを書き添えよう。そして、もう一句、最も新らしい一句を書き添えなければなるまい。

住みなれて茶の花のひらいては散る

（「三八九」復活第四集）

草木塔

茶の花

庵のまわりには茶の木が多い。五歩にして一株、十歩にしてまた一株。

私は茶の木を愛する、その花をさらに愛する。私はここに移ってきてから、ながいこと忘れていた茶の花の趣致に心をひかれた。

捨てられるともなく捨てられている茶の木は『侘びつくしたる侘人』の観がある。その花は彼の芸術であろう。

茶の木は枝ぶりもおもしろいし、葉のかたちもよい。花のすがたは求むところなき気品をたたえている。

この柿の木が其中庵を庵らしく装飾するならば、そこらの茶の木は庵の周囲を庵として完成してくれる。

茶の花に隠遁的なものがあることは否めない。また、老後くさいものがあることもたしかである。年をとるにしたがって、みょうが、とうがらし、しょうが、ふきのとうが好きになるように、茶の木が、茶の花が好きになる。

しかし、私はまだ茶人にはなっていない、幸にして、あるいは不幸にして。

梅は春にさきがけ、茶の花は冬を知らせる（水仙は冬を象徴する）。

茶の花をじっと観ていると、私は老を感じる。人生の冬を感じる。私の身心を流れている伝統的日本がうごめくのを感じる。

茶の花や身にちかく冬が来てゐる

柿

前も柿、後も柿、右も柿、左も柿である。柿の季節に於て、其中庵風景はその豪華版を展開する。

今までの私は眼で柿を鑑賞していた。庵主となって初めて舌で柿を味わった。そしてそのうまさに驚かされた。何という甘さ、自然そのものの、そのままの甘さ、柿が木の実の甘さを私に教えてくれた。ありがたい。

柿の若葉はうつくしい。青葉もうつくしい。秋ふこうなって、色づいて、そしてひらりひらりと落ちる葉もまたうつくしい。すべての葉をおとしつくして、冬空たかく立っている梢には、なすべきことをなしおえたおちつきがあるではないか。

柿の実については、日本人が日本人に説くがものはない。るいるいとして枝にある柿、ゆたかに盛られた盆の柿、それはそれだけで芸術品である。

そしてまた、彼女が剥いでくれる柿の味は彼氏にまかせておくがよい。

柿は日本固有の、日本独特のものと聞いた。柿に日本の味があるのはあたりまえすぎるあたりまえであろう。

　みんないつしよに柿をもぎつつ柿をたべつつ

楢の葉

楢の葉はおどろきやすい。すこしの風にも音を立てる。枯れても、おおかたは梢からはなれない。その葉と葉とが昼も夜もささやいている。

夜おそく戻ってくると、頭上でかさかさと挨拶するのは楢の葉である。

訪ねてくる人もなく、訪ねてゆく所もなく、そこらをぶらついていると、ひらひらと枯葉が一枚二枚、それも楢の葉である。

椨の葉よ、いつまでも野性の純真を失うな。骨ぶといのがお前の持前だ。
椨の葉の枯れて落ちない声を聴け

（「三八九」第五集）

雑記

私には私らしい、庵には庵らしいお正月が来た。明けましてまずはおめでとうございます、とおよろこびを申しあげる。門松や輪飾りはめんどうくさいから止めにして、裏山から歯朶を五六本折ってきて瓶に挿した。それだけで十分だった。

歯朶活けて五十二の春を迎へた

お屠蘇は緑平老から、数の子は元寛坊から、餅は樹明居から頂戴した。

元日、とうぜんとしていたら、鴉が来て啼いた。皮肉な年始客である。即吟一句を与えて追っ払った。

お正月のからすかあかあ

樹明君和して曰く、

かあかあからすがふたつ

このふたつがうれしい、二羽といわないところにかぎりないしたしみがある。さて、このふたつが啼いてどこまで飛んだやら！

今年の私は山村庵居のよろこびに添えて、二つの望みがある。好きなものは、と訊かれたら、些の躊躇なしに、旅と酒と本、と私は答える。今年はその本を読みたい。まず俳書大系を通読したいと思う。これが一つの望み、そしてその二つは、酒から茶へ転換することである。いいかえればアルコールを揚棄したい、飲まずにはいられない酒を、飲んでもよい酒としたいのです。前者は訳なく実現されましょうが、後者は自分ながらあぶない。そこでまあ出来るだけ割引して、せめて酒に茶をまぜたいと念じている（そんな無分別な考を起すなという悪友もある。じっさい、私にもそんな気がしないでもないのですが）。

本集を発送したら、久しぶりに行乞の旅に出かけるつもりです。時々行乞しないと米塩にも困りますが、それよりも人間が我儘になって困ります。どの方角へ向うかは、まだ私自身にもはっきりしていません。どこでもよいのですから、半月ばかり、そこらあたりをぶらついてきましょう。

畑作はなかなかおもしろい。ほとんど自給自足が出来る。

ほうれんそうはたくさん播いた割合にはよくないが、新菊はよかった。ちしゃはすばらしく葉をひろげて、たべてもたべてもたべきれない。大根は根よりも葉が出来て、これでは大根という代りに大葉とよびたいほどです。菜は間引いてからぐんぐん伸びた。それを洗って干して漬ける。ひとりしみじみ噛みしめていると、ついほろりとする。このほろりが解りますか。

　たべきれないちしやの葉が雨をためてゐる

　けさはけさのほうれんさうのおしたし

　霜の大根ぬいてきてお汁ができた

こんな句がいくらでも出来ます。畑作よりも句作の方がまだ上手だという評判です。

会費について二三照会せられた方がありますから、ざっくばらんにここへ書き添えて置きます。あれはまず米一升というところで、二十五銭としましたが、それに拘泥するには及びません。それより多くても、また少くてもかまいません(タダでは困りますけれど)。私の生活は伸縮自在、化方に通じています。金があればあるように、なければないようにやってゆきます。

急にお寒くなりました。夜更けて物思いにふけっていると、裏の畑で狐が鳴きます。狐もさびしいのでしょう。

諸兄の平安を祈ります。(一、一六、夜)

(「三八九」第五集)

三八九雑記

なんとなく春めいてきた、土鼠《もぐら》がもりあげた土くれにも春を感じる。

水のいろも春めいたいもりいつぴき

私もこのごろはあまりくよくよしないようになった。それはアキラメでもなければナゲヤリでもない、むろんサトリでもない、いわば、老のオチツキでもあろうか。近眼と遠眼とがこんがらがってきたように、或は悠然として、或は茫然として、山を空を土を眺めることができるようになった。放心! 凝心もよいが放心もわるくないと思う。

おかげで、この冬はこだわりなく生きてきた。春になったら春風が吹くでしょう。

終日尋春不見春　杖藜踏破幾重雲
帰来拭把梅花看　春在枝頭已十分

その梅はもう盛りをすぎたけれど、あちらこちらにしろじろと立っている。裏畑の三本、前の家の二本、いずれも老木、満開のころは、一人で観るのにもったいないほどであった。

道べりの二三本、これは若木だが、すこし行くと、ここにも一本、そこにも一本というぐあいで、なかなかのながめであった。こんなところもあったのかと驚くぐらい、花をつけてはじめて、その存在をはっきりさせている。

咲いてここにも梅の木があつた

ここ矢足は椿の里とよばずにはいられないほど藪椿が多い（前のF家の生垣はすべて椿である）。

ぶらぶら歩いていると、ぽとりぽとり、いつ咲いたのか、頭上ゆたかに、素朴な情熱の花がかがやいている。

水音の藪椿もう落ちてゐる

水仙がおくれてやたらに咲きだした。先住者が好きだったのだろう、畑のあちこちにかたまりあって、清純たぐいなき色香を見せている。そんなわけで、仏壇も水仙、床の間も水仙、机の上も水仙です（この花にはさびしいおもいでがあるが、ここには書くまい）。

水仙こちらむいてみんなひらいた

大根と新菊とはおしまいになった。ほうれんそうがだんだんとよくなった。こやし――それも自給自足――をうんと与えたためだろう。ちさはあいかわらず元気百パア、私も食気百パアというところ。

畑地はずいぶん広い、とても全部へは手が届かないし、またそうする必要もない、その三分の二は雑草に委任、いや失地回復させてある。

よう燃える火で私ひとりで
大きな雪がふりだして一人
いたづらに寒うしてよごれた手
もう暮れたか火でも焚かうか
いちにち花がこぼれてひとり
雪あしたあるだけの米を粥にしてをく
ひとりの火の燃えさかりゆくを

これらの句は、日記に記しただけで、たいがい捨てたのですが、わざとここに発表して、そしてこの発表を契機として、私はいわゆる孤独趣味、独りよがり、貧乏臭、等、を清算する、これも身心整理の一端です。樹明君にお嬢さんが恵まれた。本集所載の連作には、夫として父としての真実が樹明的手法で表現されている。

私は貧交ただ駄作を贈って、およろこびのこころを伝える外なかった。

雪となつたが生れたさうな（第六感で）

雪や山茶花や娘がうまれた

雪ふるあしたの女としてうまれてきた

私には女の子を持った体験はないけれど（白船君にはありすぎる！）、お嬢さんが日本女性としての全人となられることを祈願してやみません。

今年はよく雪が降りましたね、雪見酒は樹明君と二人でやりました。雪見にころぶところまで出かけました。

燗は焚火でふたりの夜

節分には樹明君に誘われて、八幡様へのこのこおまいりいたしました。或るおじいさんのところで、鯨肉をよばれて年越らしい情調にひたりました。

月がまうへに年越の鐘が鳴る鳴る

本集の発行はだいぶおくれました。私のワガママとグウタラとのせいであります。何しろ何から何まで私の手一つでやらなければなりませんので、しかも私は気分屋なので、とかくおくれがちになりますが、あしからず思って下さい。そこでまず、原稿整理を月の中句に、そして下句に発行ということに定めておきます。

とにかく、次集からはしっかりやりましょう。

長崎市から発行されていた自由律句誌『枇杷』が休刊のやむなきに立ちいたったのはまことに惜しいことであるが、編輯者が揚言せられるように、その収獲《ママ》と功績とは決して小でないと思う。一日も早く復活再刊の日が来ることを祈ります。

広島逓友の大山澄太氏から『青空を戴く』を戴いた。氏へは層雲を通して親しみを持っていたが、こうしてまとめられた文と句とをしみじみ読み味わって、氏の純情と敬虔とにうたれた。青空を戴く！　この題名が何よりもよく氏の性格と本の内容とを語っている。

あかね社の新井声風氏著『明治以降物故新派俳人伝』第壱輯の寄贈を受けて、当然出るべきものが出たことを喜ぶと共に著者の労を考えた。そして書中に、朱鱗洞葉平の名を見出して、懐旧の情を新たにした。

『松』を毎号贈って下さる浜松の同人諸君に感謝する。同時に『紅』『リンゴ』『一茶』等の同人諸君に御礼を申しあげる。

本集には、草木塔続篇及酒についての覚書を書くつもりでいて、どうにも気がすすみませんので止めました。これからは私も書きますから、諸兄も書いて下さい。
春は長い煙管を持って
――（二、二七、夜）――
（「三八九」第六集）

鉄鉢と魚籃と

――其中日記から――


九月三日。

曇、さすがに厄日前後らしい天候。

朝は梅茶三杯ですます。身心を浄化するには何よりもこれがよろしい。

前栽の萩――それは一昨年黎々火君と共に裏山から移植したもの――が勢よく伸びて、びっしり蕾をつけている。早いのはぽつぽつ咲きだしている。萩は何となく好きな花だが、それは山萩にかぎる。葉にも花にも枝ぶりにも私たち日本人を惹きつけるものがある。

このごろの蚊のするどさ、そして蝿のはかなさ、いずれも死んでゆくもののすがたである。

午前は郵便を待ちつつ読書。

ハガキ三枚、黎々火君から、十返花君から、そして珍らしくも病秋兎死君から。雄郎和尚から絵葉書と詩歌八月号清臨句集黎明、これは若狭紙を大判のまま使って、なかなか凝ったものである。

午後は近在行乞、家から家へ歩きまわっているうちに、何だか左胸部が痛むようなので、二時間ばかりで切りあげた。それでも米八合あまり頂戴している。さっそく炊いて食べる。まことに「一鉢千家飯」、涙ぐましくなる。

今日の行乞相はよかったと思う。行乞の功徳はいろいろあるが、行乞していると、自分のことも他人のこともよく解る。我儘がいえなくなる。我儘を許さなくなる。我儘をたたきつぶして、自他本然の真実心を発露せずにはいられなくなる。

九月四日。

宵からぐっすり寝たので早くから眼が覚めて、夜の明けるのが待ち遠しかった。

芋の葉を机上の日田徳利に挿す。其中庵にはふさわしい生花である。

小雨がふりだした。大根を播く。托鉢はやめにして読書に倦けば雑草を観賞する。

夕方、K君がひょっこり来庵、明日から出張する途次を立ち寄ってくれたという。渋茶をすりながら清談しばらく、それからいっしょにF屋まで出かける。ほどよく飲んで酔うて戻って来たのは十二時近かったろう。

九月五日。

雨、だんだん晴れる。

今日は澄太君が来てくれる日だ。

待つ身はつらいな、立ったり坐ったりそこらまで出て見たり――正午のサイレンが鳴ってから、やっと懐かしい姿が現われた、Ｉさんといっしょに。

酒、米、醤油、酢、豆腐、茄子、何から何まで御持参だ。これではどちらがお客だか解らない。客も主人もなくなったところに私たちのまじわりがある。

名残はつきないけれど、六時の汽車へ見送る。人生はすべて一期一会のこころだ。

さて、明日は托鉢しようか、魚釣しようか、もし其中庵にスローガンがあるとしたならば――

「今日は托鉢、明日は魚釣！」

（「層雲」昭和十年十月号）

遍路の正月

私もどうやら思い出を反芻する老いぼれになったらしい。思い出は果もなく続く。昔の旅のお正月の話の一つ。

それは確か昭和三年であったと思う。私はとぼとぼ伊予路を歩いていた。予定らしい予定のない旅のやすけさで、師走の街を通りぬけて場末の安宿に頭陀袋をおろした。同宿は老遍路さん、可なりの年配だけれどがっちりした体軀の持主だった。彼は滞在客らしく宿の人々とも親しみ深く振舞うていた。そしてすっかりお正月の仕度——いかにも遍路らしい飾りつけ——が出来ていた。正面には弘法大師の掛軸、その前にお納経の帳面、御燈明、線香、念珠、すべてが型の通りであったが、驚いたことには、右に大形の五十銭銀貨が十枚ばかり並べてあり、左に護摩水の一升罎が置いてあった！

私は一隅に陣取ったが(安宿では一隅の自由しか許されない)、さて、飾るべき何物も持っていない。ただ破れ法衣を掛け網代笠をさげ拄杖を立て頭陀袋を置いて、その前に坐ってぼんやりしているより外はなかった。

そこで私は旅の三回目の新年を迎えた。ありがたくも私の孤寒はその老遍路さんの酒と餅と温情とによって慰められ寛ろげられた。

生々死々去々来々、南無大師遍照金剛々々々々々々々々。

（「愚を守る」初版本　昭和十六年八月刊）

片隅の幸福

大の字に寝て涼しさよ淋しさよ

一茶の句である。いつごろの作であるかは、手もとに参考書が一冊もないから解らないけれど、多分放浪時代の句であろうと思う。とにかくそのつもりで筆をすすめてゆく。

——

一茶は不幸な人間であった。幼にして慈母を失い、継母に虐められ、東漂西泊するより外はなかった。彼は幸か不幸か俳人であった。恐らくは俳句を作るより外には能力のない彼であったろう。彼は句を作った。悲しみも歓びも憤りも、すべてを俳句として表現した。彼の句が人間臭ふんぷんたる所以である。煩悩無尽、煩悩そのものが彼の句となったのである。

しかし、この句には彼独特の反感と皮肉がなくて、のんびりとしてそしてしんみりとしたものがある。

大の字に寝て涼しさよ——はさすがに一茶的である。いつもの一茶が出ているが、つづけて、淋しさよ——とうたったところに、ひねくれていない正直な、すなおな一茶の涙が滲んでいるではないか。

彼が我儘気儘に寝転んだのはどこであったろう。居候していた家の別間か、道中の安宿か、それとも途上の樹蔭か、彼はそこでしみじみ人間の幸不幸運不運を考えたのであろう。切っても切れない、断とうとしても断てない執着の絆を思い、孤独地獄の苦悩を痛感したのであろう。

所詮、人は人の中である。孤立は許されない。怨み罵りつつも人と人とは離れがたいのである。人は人を恋う。愛しても愛さなくても、家を持たずにはいられないのである。みだりに放浪とか孤独とかいうなかれ！

一茶の作品は極めて無造作に投げ出したようであるが、その底に潜んでいる苦労は恐らく作家でなければ味読することが出来まい（勿論、芭蕉ほど彫心鏤骨ではないが）。いうまでもなく、一茶には芭蕉的の深さはない。蕪村的な美しさもない。しかし彼には一茶の鋭さがあり、一茶的な飄逸味がある。

私は一茶の句を読むと多少憂鬱になるが、同時にまた、いわば片隅の幸福を感じて、駄作一句を加えたくなった。――

ひとり住めばあをあをとして草

（「愚を守る」初版本）

白い花

私は木花よりも草花を愛する。春の花より秋の花が好きだ。西洋種はあまり好かない。野草を愛する。

家のまわりや山野渓谷を歩き廻って、見つかりしだい手あたり放題に雑草を摘んで来て、机上の壺に投げ入れて、それをしみじみ観賞するのである。

このごろの季節では、蓼、りんどう、コスモス、芒、石蕗《つわぶき》、等々何でもよい、何でもよさを持っている。

草は壺に投げ入れたままで、そのままで何ともいえないポーズを表現する。なまじ手を入れると、入れれば入れるほど悪くなる。

抛入花はほんとうの抛げ入れでなければならない。そこに流派の見方や個人の一手が加えられると、それは抛入でなくて抛挿だ。

摘んで帰ってその草を壺に抛げ入れる。それだけでも草のいのちは歪められる。私はしばしばやはり「野におけ」の嘆息を洩らすのである。

人間の悩みは尽きない。私は堪えきれない場合にはよく酒を呷ったものである（今でもそういう悪癖がないとはいいきれないが)。酒はごまかす、救う力を持っていない。ごまかすことは安易だけれど、さらにまたごまかさなければならなくなる。そういう場合には諸君よ、山に登りましょう、林に分け入りましょう、野を歩きましょう、水のながれにそうて、私たちの身心がやすまるまで逍遥しましょうよ。

どうにもこうにも自分が自分を持てあますことがある。そのとき、露草の一茎がどんなに私をいたわってくれることか。私はソロモンの栄華と野の花のよそおいを対比して考察したりなんかしない。ソロモンの栄華は人間文化の一段階として、それはそれでよいではないか。野の花のよそおいは野の花のよそおいとして鑑賞せよ。

一茎草を拈《ねん》じて丈六の仏に化することもわるくないが、私は草の葉の一葉で足りる。足りるところに、私の愚が穏坐している。

死は誘惑する。生の仮面は脱ぎ捨てたくなるし、また脱ぎ捨てなければならないが、本当に生き抜くことのむずかしさよ。私は走り出て、そこらの芒の穂に触れる。……

若うして或は赤い花にあこがれ、或は「青い花」を求めあるいた。赤い花はしぼんでくずれた。青い花は見つからなかった。そして灰色の野原がつづいた。

けさ、萩にかくれて咲き残っている花茗荷をふと見つけた。人間の残忍な爪はその唯一をむしりとったのである。

葉や株のむくつけきに似もやらず、なんとその花の清楚なことよ、気高いかおりがあたりにただようて、私はしいんとする。

見よ、むこうには茶の花が咲き続いているではないか。そうだったか――白い花だったか！

萩ちればコスモス咲いてそして茶の花も

（「愚を守る」初版本）

草と虫とそして

いつからともなく、どこからともなく、秋が来た。ことしは秋も早足で来たらしい。

昼はつくつくぼうし、夜はがちゃがちゃがうるさいほど鳴き立てていたが、それらもいつか遠ざかって、このごろはこおろぎの世界である。こおろぎの歌に松虫が調子をあわせる。百舌鳥の声、五位鷺の声、或る日は万歳万歳のさけびが聞える。夜になると、どこかのラジオがきれぎれに響く。

柿の葉が秋の葉らしく色づいて落ちる。実も落ちる。その音があたりのしずかさをさらにしずかにする。

蚊が、蠅がとても鋭くなった。声も立てないで触れるとすぐ螫《さ》す藪蚊、蠅は殆んどいないけれども、街へ出かけるときっと二三匹ついてくる。たまたま誰か来てくれると、意識しないお土産として連れてくる。彼等は蠅たたきを知っている。打とうとする手を感じていちはやく逃げる。いのち短かい虫、死を前にして一生懸命なのだ。無理もないと思う。

季節のうつりかわりに敏感なのは、植物では草、動物では虫、人間では独り者、旅人、貧乏人である（この点も、私は草や虫みたいな存在だ！）。

蝗は群をなして飛びかい、田圃路は通れないほどの賑やかさである。これにひきかえて赤蛙はあくまで孤独だ。草から草へおどろくほど高く跳ぶ。

一匹とんで赤蛙

蟻が行儀正しく最後の御奉公にいそしんでいる姿は、ときどき机の上を歩きまわったり寝床を襲うたりして困るけれど、それは私に反省と勤労を教えてくれる。

憎むべきは油虫だ。庵裏空しうして食べる物がないからでもあろうが、何でもかでも舐めたがる。いつぞやも友達から借りた本の表紙を舐めつくして、私にお詫言葉の蘊蓄を傾けさせた。

蜚蠊《あぶらむし》ほど又なく野鄙なるものはあらじ。譬へば露計りも愛矜《あいけう》なく、しかも身もちむさむさしたる出女の、油垢に汚れ朽ばみしゆふべの寝まきながら、発出《おきい》でたる心地ぞする。（風狂文章）

古人がすでに言いきっている。油虫よ、私ばかりではないぞ、怒るな憎むな。

げんのしょうことという草は腹薬として重宝がられるが、何というつつましい草であろう。梅の花を小さくしたような赤い花は愛らしさそのものである。或る俳友が訪ねて来て、その草を見つけて、子供のために摘み採ったが、その姿はほほえましいものであった。

げんのしようこのおのれひそかな花と咲く

萩がぼつぼつ咲き初めた。曼珠沙華も咲きだした。萩の花は塵と呼ばれているように、曼珠沙華のように、花としてはさまで美しくはないけれど、何となく捨てがたいところがある。私は萩を見るたびにいつも故人一翁君を思い出す。彼の名句――たまさかに人来て去ねば萩の花散る——は歳月を超えて私たちの胸を打つ。

今日はあまりの好晴にそそのかされて近在を散歩した。そして苅萱を頂戴した。素朴な壺に抛げこまれた苅萱のみだれ、そこには日本的単純の深さが漂うている。何の奇もないところに量ることのできないものがある。

露草の好ましさも忘れてはならない。まいあさ、碧瑠璃の空へ碧瑠璃の花、畑仕事の邪魔にならないかぎりはそっとしておきたい。

だんだん月が澄みわたってくる。芋が肥え枝豆がおいしくなるにつれて、月も清く明らかになる。とかく寝覚がちの私は夜中に起きて月を眺める。有明月の肌寒い光が身にも心にも沁み入って、おもいでは果もなくひろがる、果もない空のように。

欲しいな、一杯やりたいな。——そんなとき、酒を求めないではいられない私は、亡き放哉坊の寂しい句をくちずさむ。——こんなよい月をひとりで観て寝る。

私にもひょいと戯作一句うかんだ。芭蕉翁にはすまないが。——

一つ家に一人寝て観る草に月

（「愚を守る」初版本）

物を大切にする心

物を大切にする心はいのちをはぐくみそだてる温床である。それはおのずから、神と偕《とも》にある世界、仏に融け入る境地へみちびく。

先年、四国霊場を行乞巡拝したとき、私はゆくりなくHという老遍路さんと道づれになった。彼はいわゆる苦労人で、職業遍路（信心遍路に対して斯く呼ばれる）としては身心共に卑しくなかった。いかなる動機でそういう境涯に落ちたかは彼自身も語らなかったし私からも訊ねなかった。彼は数回目の巡拝で、四国の地理にも事情にも詳しかった。もらいの多少、行程の緩急、宿の善悪、いろいろの点で私は教えられた。二人は毎日あとになりさきになって歩いた。毎夜おなじ宿に泊って膳を共にし床を並べて親しんだ。阿波――土佐――伊予路を辿りつつあった或る日、私たちは路傍の石に腰かけて休んだ。彼も私も煙草入を取り出して世間話に連日の疲労も忘れていたが、ふと気づくと、彼はやたらにマッチを摺っている。一服一本二本或は五本六本である！

――ずいぶんマッチを使いますね。

――ええ、マッチばかり貰って、たまってしようがない。売ったっていくらにもならないし、こうして減らすんです。

彼の返事を聞いて私は嫌な気がした。彼の信心がほんものでないことを知り、同行に値いしないことが解り、彼に対して厭悪と憤懣との感情が湧き立ったけれど、私はそれをぐっと抑えつけて黙っていた。詰《なじ》ったとて聞き入れるような彼ではなかったし、私としても説法するほどの自信を持っていなかった。それから数日間、気まずい思いを抱きながら連れ立っていたが、どうにもこうにも堪えきれなくなり、それとなく離ればなれになってしまったのである。その後、彼はどうなったであろうか、まだ生きているだろうか、それとも死んでしまったろうか、私は何かにつけて彼を想い出し彼の幸福を祈っているが、彼が悔い改めないかぎり、彼の末路の不幸は疑えないのである。

マッチ一本を大切にする心は太陽の恩恵を味解する。日光のありがたさを味解する人は一本のマッチでも粗末にはしない。

S夫人はインテリ女性であった。社交もうまく家政もまずくなかった。一見して申分のないマダムであったけれど、惜むらくは貧乏の洗礼を受けていなかった。とあるゆうべ、私はその家庭で意外な光景を見せつけられた。――洗濯か何かする女中が水道の栓をあけっぱなしにしているのである。水はとうとうとして溢れ流れる。文字通りの浪費である。それを知らぬ顔で夫人は澄ましこんでいるのである。――女中の無智は憐むべし、夫人の横着は憎むべし、水の尊さ、勿体なさ……気の弱い私は何ともいえないでその場を立ち去った。

彼女もまた罰あたりである。彼女は物のねうちを知らない。貨幣価値しか知らない。大粒のダイアモンドといえども握飯一つに如《し》かない場合があることを知らない。

大乗的見地からいえば、一切は不増不滅であり、不生不滅である。浪費も節約もなく、有用も無駄もない。だが、人間として浪費は許されない。人間社会に於ては無駄を無くしなければならない。物の価値を尊び人の勤労を敬まわなければならないのである。

常時非常時に拘らず、貴賤貧富を問わず、私たちの生活態度は斯くあるべきであり斯くあらざるを得ない。

物そのもののねうち、それを味うことが生きることである。物そのものがその徳性を発揮するところ、そこが仏性現前の境地である。物の徳性を高揚せしめること、そのことが人間のつとめである。

私は臆面もなくH老人を責めS夫人を責めて饒舌であり過ぎた。それはすべて私自身に向って説いて聞かせる言葉に外ならない。

（「広島逓友」昭和十三年九月）

述懐

――私はその日その日の生活にも困っている。食うや食わずで昨日今日を送り迎えている。多分明日も――いや、死ぬまではそうだろう。だが私は毎日毎夜句を作っている。飲み食いしないでも句を作ることは怠らない。いいかえると腹は空いていても句は出来るのである。水の流れるように句心は湧いて溢れるのだ。私にあっては生きるとは句作することである。句作即生活だ。

私の念願は二つ。ただ二つある。ほんとうの自分の句を作りあげることがその一つ。そして他の一つはころり往生である。病んでも長く苦しまないで、あれこれと厄介をかけないで、めでたい死を遂げたいのである。――私は心臓麻痺か脳溢血で無造作に往生すると信じている。

――私はいつ死んでもよい。いつ死んでも悔いない心がまえを持ちつづけている。――残念なことにはそれに対する用意が整うていないけれど。――

――無能無才。小心にして放縦。怠慢にして正直。あらゆる矛盾を蔵している私は恥ずかしいけれど、こうなるより外なかったのであろう。

意志の弱さ、貪の強さ――ああこれが私の致命傷だ！

（「広島逓友」昭和十三年八月）

行乞記

抄

【昭和五年】九月九日～十二月廿七日　抄

このみちや
いくたりゆきし
われはけふゆく

しづけさは
死ぬるばかりの
水がながれて

九月九日　晴、八代町、萩原塘、吾妻屋（三五・中）

私はまた旅に出た、愚かな旅人として放浪するより外に私の生き方はないのだ。

七時の汽車で宇土へ、宿においてあった荷物を受取って、九時の汽車で更に八代へ、宿をきめてから、十一時より三時まで市街行乞、夜は餞別のゲルトを飲みつくした。

同宿四人、無駄話がとりどりに面白かった、殊に宇部の乞食爺さんの話、球磨の百万長者の慾深い話などは興味深いものであった。

九月十日 晴、二百廿日、行程三里、日奈久温泉、織屋（四〇・上）

午前中八代町行乞、午後は重い足をひきずって日奈久へ、いつぞや宇土で同宿したお遍路さん夫婦とまたいっしょになった。

方々の友へ久振に――ほんとうに久振に――音信する、その中に、――

……私は所詮、乞食坊主以外の何物でもないことを再発見して、また旅へ出ました、……歩けるだけ歩きます、行けるところまで行きます。

温泉はよい、ほんとうによい、ここは山もよし海もよし、出来ることなら滞在したいのだが、――いや一生動きたくないのだが（それほど私は労れているのだ）。

九月十一日 晴、滞在。

午前中行乞、午後は休養、此宿は夫婦揃って好人物で、一泊四十銭では勿躰ないほどである。

九月十二日　晴、休養。

入浴、雑談、横臥、漫読、夜は同宿の若い人と共に活動見物、あんまりいろいろの事が考え出されるから。

九月十三日　曇、時雨、佐敷町、川端屋（四〇・上）

八時出発、二見まで歩く、一里ばかり、九時の汽車で佐敷へ、三時間行乞、やっと食べて泊るだけいただいた。

此宿もよい、爺さん婆さん息子さんみんな深切だった。

夜は早く寝る、脚気が悪くて何をする元気もない。

九月十四日　晴、朝夕の涼しさ、日中の暑さ、人吉町、宮川屋（三五・上）

球磨川づたいに五里歩いた、水も山もうつくしかった、筧の水を何杯飲んだことだろう。

一勝地で泊るつもりだったが、汽車でここまで来た、やっぱりさみしい、さみしい。

郵便局で留置の書信七通受取る、友の温情は何物よりも嬉しい、読んでいるうちにほろりとする。

行乞相があまりよくない、句も出来ない、そして追憶が乱れ雲のように胸中を右往左往して困る。……

一刻も早くアルコールとカルモチンとを揚棄しなければならない、アルコールでカモフラージした私はしみじみ嫌になった、アルコールの仮面を離れては存在しえないような私ならばさっそくカルモチンを二百瓦《グラム》飲め（先日はゲルトがなくて百瓦しか飲めなくて死にそこなった、とんだ生恥を晒したことだ！）。

呪ふべき句を三つ四つ

蜩しぐれ死に場所をさがしてゐるのか

・青草に寝ころぶや死を感じつゝ

毒薬をふところにして天の川

・しづけさは死ぬるばかりの水が流れて

熊本を出発するとき、これまでの日記や手記はすべて焼き捨ててしまったが、記憶に残った句を整理した、即ち、

炭坑街大きな雪が降りだした　□

・嵐の中の墓がある

・けふのみちのたんぽゝ咲いた

・朝は涼しい草鞋踏みしめて

炎天の熊本よさらば
・蓑虫も涼しい風に吹かれをり
・熊が手をあげてゐる藷の一切れだ（動物園）
・あの雲がおとしたか雨か濡れてゐる
・さうろうとして水をさがすや蜩に
・岩かげまさしく水が湧いてゐる
・こゝで泊らうつく〳〵ぼうし
・寝ころべば露草だつた
・ゆふべひそけくラヂオが物を思はせる
・炎天の下を何処へ行く
・壁をまともに何考へてゐた
・大地したしう投げだして手を足を
・雲かげふかい水底の顔をのぞく
・旅のいくにち赤い尿して
・さゝげまつる鉄鉢の日ざかり
単に句を整理するばかりじやない、私は今、私の過去一切を清算しなければならなくなっているのである、ただ捨てても捨てても捨てきれないものに涙が流れるのである。

私もようやく『行乞記』を書きだすことが出来るようになった。――

私はまた旅に出た。――

所詮、乞食坊主以外の何物でもない私だった、愚かな旅人として一生流転せずにはいられない私だった、浮草のように、あの岸からこの岸へ、みじめなやすらかさを享楽している私をあわれみ且つよろこぶ。

水は流れる、雲は動いて止まない、風が吹けば木の葉が散る、魚ゆいて魚の如く、鳥とんで鳥に似たり、それでは、二本の足よ、歩けるだけ歩け、行けるところまで行け。

旅のあけくれ、かれに触れこれに触れて、うつりゆく心の影をありのままに写そう。私の生涯の記録としてこの行乞記を作る。

…………

九月十七日　曇、少雨、京町宮崎県、福田屋（三〇・上）

今にも降り出しそうな空模様である、宿が落着いているので滞在しようかとも思うたが、金の余裕もないし、また、ゆっくりすることはよくないので、八時の汽車で吉松まで行く（六年前に加久藤越したことがあるが、こんどは脚気で、とてもそんな元気はない）、二時間ばかり行乞、二里歩いて京町、また二時間ばかり行乞、街はずれの此宿に泊る、豆腐屋で、おかみさんがとてもいい姑さんだ。

ここには熱い温泉がある、ゆっくり浸ってから、焼酎醸造元の店頭に腰かけて一杯を味う（諸焼酎である、このあたり、焼酎のみでなく、すべてが宮崎よりも鹿児島に近い）。

このあたりは山の町らしい、行乞していると、子供がついてくる、旧銅貨が多い、バットや胡蝶が売り切れていない。

人吉から吉松までも眺望はよかった、汽車もあえぎあえぎ登る、桔梗、藤、女郎花、萩、いろんな山の秋草が咲きこぼれている、惜しいことには歩いて観賞することが出来なかった。

なんぼ田舎でも山の中でも、自動車が通る、ラジオがしゃべる、新聞がある、はやり唄が聞える。……

宮崎県では旅人の届出書に、旅行の目的を書かせる、なくもがなと思うが、私は「行脚」と書いた、いつぞや、それについて巡査に質問されたことがあったが。

今日出来た句の中から、――

はてもない旅の汗くさいこと

・このいたゞきに来て萩の花ざかり

山の水はあふれ〳〵て

・旅のすゝきのいつ穂にでたか

・投げ出した足へ蜻蛉とまらうとする

ありがたや熱い湯のあふるゝにまかせ

此地は県政上は宮崎に属しているが、地理的には鹿児島に近い、言葉の解り難いのには閉口する。

藷焼酎をひっかけたので、だいぶあぶなかったが、やっと行き留めた、夜はぐっすり寝た、おかげで数日来の睡眠不足を取りかえした、南無観世音菩薩。

九月十九日　晴、小林町、川辺屋（四〇・中）

いかにも秋らしいお天気である、心もかろく身もかろく午前中三時間、駅附近を行乞する、そして十二時の汽車で小林町へ、また二時間行乞。

此宿は探しまわって探しあてただけあってよかった、食べものは近来にないまずさであるが、一室一燈を占有していられるのが、私には何よりうれしい。

夜はだいぶ飲んだ、無何有郷を彷徨した、アルコールがなくては私の生活はあまりにさびしい、まじめですなおな私は私自身にとってはみじめで仕方がない。

九月廿日　晴、同前。

小林町行乞、もう文なしだからおそくまで辛抱した、こうした心持をいやしいとは思うが、どうしようもない、もっとゆったりとした気分にならなければ嘘だ、きょうの行乞はほんとうにつらかった、時々腹が立った、それは他人に対するよりも自分に対しての憤懣であった。

夜はアルコールなしで早くから寝た、石豆腐（此地方の豆腐は水に入れてない）を一丁食べて、それだけでこじれた心がやわらいできた。

このあたりはまことに高原らしい風景である、霧島が悠然として晴れわたった空へ盛りあがっている、山のよさ、水のうまさ。

西洋人は山を征服しようとするが、東洋人は山を観照する、我々にとっては山は科学の対象でなくて芸術品である、若い人は若い力で山を踏破せよ、私はじっと山を味うのである。

・かさなつて山のたかさの空ふかく
霧島に見とれてゐれば赤とんぼ
朝の山のしづかにも霧のよそほひ
チヨツピリと駄菓子ならべて鳳仙花
旅はさみしい新聞の匂ひかいでも
山家明けてくる大粒の雨
重荷おもかろ濃き影ひいて人も馬も

朝焼け蜘蛛のいとなみのいそがしさ
・泣きわめく児に銭を握らし
蒸し暑い日の盗人つかまへられてしまつた
こんなにたくさん子を生んではだか
死にそこなつて虫を聴いてゐる

九月廿一日　曇、雨、彼岸入、高崎新田、陳屋（四〇・上）

九時の汽車で高原へ、三時間行乞、そして一時の汽車で高崎新田へ、また三時間行乞。高原も新田も荒涼たる村の町である、大きな家は倒れて住む人なく、小さい家は荒れゆくままにして人間がうようよしている、省みて自分自身を恥じ且つ恐れる。

霧島は霧にかくれて赤とんぼ
病人連れて秋雨のプラットホーム

霧島は霧にかくれて見えない、ただ高原らしい風が法衣を吹いて通る、あちらを見てもこちらを見ても知らない顔ばかり、やっぱりさびしいやすらかさ、やすらかなさびしさに間違いない。

此宿は満員だというのを無理に泊めて貰った、よかった、おばあさんの心づくしがうれしい。

此宿のおかみさんは感心だ（今の亭主は後入らしい）、息子を商業学校に、娘を女学校にやっている、しかし息子も娘もあまりよい出来ではないらしいが。

今《ママ》の旅のエピソードとしては特種があった。――
小林駅で汽車を待合していると、洋服の中年男が近づいてきた、そしていやににこにこして、いっしょに遊ぼうという、私が菩提銭を持っていると思ったのか、或は遊び仲間によ□思ったのか、とにかく、奇怪な申出である、あまりしつこいので断るに困った、――
何と旅はおもしろい事がある！

九月廿二日　晴、曇、都城市、江夏屋（四〇・中）

七時出立、谷頭まで三里、道すがらの風光をたのしみながら歩く、二時間行乞、例の石豆腐を食べる、庄内町まで一里、また三時間行乞、すっかりくたぶれたけれど、都城留置の手紙が早くみたいので、むりにそこまで二里、暮れて宿についた、そしてすぐまた郵便局へ、――友人はありがたいとしみじみ思った。

きょうはぞんぶんに水を飲んだ、庄内町の自動車乗場の押揚ポンプの水はよかった、口づけて飲む山の水には及ばないけれど。

ここへ来るまでの道で逢った学校子供はみんなはだしだった、うれしかった、ありがたかった。

きょうもまた旅のエピソードの特種一つ、——宿をさがして急いでいるうちにゆきあった若い女の群、その一人が『あう』という、熊本のカフェーでみたことのある顔だ、よく覚えていましたね、いらっしゃいといいましたね、さてあなたはどこでしたかね。

同宿十余人、同室一人、隣室二人、それぞれに特徴がある、虚無僧さんはよい、ブラブラさんもわるくない、坊さんもわるくない、少々うるさいけれど。

九月廿三日　雨、曇、同前。

八時から二時まで都城の中心地を行乞、ここは市街地としてはなかなかよく報謝して下さるところである。

今日の行乞相はよかった、近来にない朗らかさである、この調子で向上してゆきたい。

一杯二杯三杯飲んだ（断っておくが藷焼酎だ）、いい気持になって一切合切無念無想。

きのふけふのぐうたら句

糸瓜の門に立つた今日は　（子規忌）
・旅の宿の胡椒のからいこと
・羽毛《ハネ》むしる鶏《トリ》はまだ生きてゐるのに
・しんじつ秋空の雲はあそぶ
あかつきの高千穂は雲かげもなくて

お信心のお茶のあつさをよばれる

芋虫あつい道をよこぎる

竹藪の奥にて牛が啼いてるよ

・露でびつしより汗でびつしより

夜は教会まで出かけて、本間俊平氏の講演を聴く喜びにあったが、しかし幻滅でないとはいえなかった、予期したよりも世間並過ぎ上手過ぎていはしないだろうか、私は失礼とは思ったが中座した。

やっぱり飲み過ぎた、そして饒舌り過ぎた、どうして酒のうまさと沈黙の尊さと、そして孤独のよろしさとに徹しえないのだ。

同宿の坊さんはなかなかの物知りである、世間坊主としては珍らしい、ただ物を知っていて物を味わっていない、酒好きで女好きで、よく稼ぎもするがよく費いもする、もう一人の同宿老人は気の毒な身の上らしい、小学校長で敏腕家の弟にすがりつくべくあせっている、煙草銭もないらしい一服二服おせったいしてあげた。

酔うた気分は、というよりも酔うて醒めるときの気分はたまらなく嫌だけれど、酔うたために睡れるのはうれしい、アルコールをカルモチンやアダリンの代用とするのはバッカスに対して申訳ないが。

九月廿四日 晴、宿は同前。

諸焼酎のたたりで出かけたくないのを無理に草鞋を穿く、何というウソの生活だ、こんなウソをくりかえすために行乞しているのか、行乞していて、この程度のウソからさえ脱離しえないのか。

昼食の代りにお豆腐をいただく、そして幾度も水を飲んだ、そのおかげで、だいぶ身心が軽くなった。

今日は彼岸の中日、願蔵寺というかなり大きな寺院の境内には善男善女がたくさん参詣していた、露店も五六あった、私はそこでまたしても少年時代を思い起して、センチになったことを白状する。

・投げ与へられた一銭のひかりだ

・馬がふみにじる草は花ざかり

朝一杯、昼一杯、晩一杯、一杯一杯また一杯で一杯になってしまうのだろう。

心境はうつりかわってゆく、しかしなかなかひらけない、水は流れるままに流れてゆけ。

きょうも旅のエピソード——行乞漫談の材料が二つあった、或るカフェーに立つ、女給二三人ふざけていてとりあわない、いつもならばすぐ去るのだけれど、ここで一つ根くらべをやるつもりで、まあユーモラスな気分で観音経を読誦しつづけた、半分ばかり読誦したとき、彼女の一人が出て来て一銭銅貨を鉄鉢に入れようとするのを『ありがとう』といって受けないで『もういただいたもおなじですから、それは君にチップとしてあげましょう』といったら、笑ってくれた、私も笑った、少々嫌味だけれど、ナンセンスの一シーンとしてはどうだろうか、もう一つの話は、お寺詣りのおばあさんが、行きずりに二銭下さった、見るとその一つは黒っぽくなった五銭の旧白銅貨である、呼びとめてお返しするとおばあさん喜んで外の一銭銅貨を二つ下さった、彼女も嬉しそうだったが、私も嬉しかった。

今晩は特別の下好物として鰯と茗荷とを買った、焼鰯五尾で弐銭、茗荷三つで一銭、そして醤油代が一銭、合計四銭の御馳走也。

九月廿五日　雨、宮崎市、京屋（三五・上）

たいして降りそうもないので朝の汽車に乗ったが、とうとう本降りになった、途中の田野行乞もやめて一路宮崎まで、そして杉田さんを訪ねたが旅行中で会えない、更に黒木さんを訪ねて会う、それからここへ泊る。

きょうは雨で散々だった、合羽を着けれど、草鞋のハネが脚絆と法衣をメチャクチャにした、宿の盥を借りて早速洗濯する、泣いても笑っても、降っても照っても独り者はやっぱり独り者だ。

ここは水が悪いので困る、便所の汚ないのにも閉口する、座敷は悪くない、都城でのはればれしさはないけれど。

列車内で乗越切符書換してくれた専務車掌さんには好感が持てた、どこといっていいどころのないよさがあった、禅の話は好きで得るところが多いなどとも語った。

宮崎県の文化はたしかに後れている、そして道を訊ねても教え方の下手、或は不深切さが早敢《ママ》ない旅人を寂しがらせる、ただ町名標だけは間違いなく深切だったが。

隣室の若夫婦、逢うて直ぐ身の上話を初める、失敗つづきの不運をかこつ、彼等は襤褸を着て故郷に帰ったところだ、まあ、あまり悲観しないで運のめぐってくるをお待ちなさい、などと、月並の文句を云って慰める。

雨そのものは悪くないけれど、雨の窓でしんみりと読んだり考えたりすることは好きだけれど、雨は世間師を経済的に苦しめる、私としては行乞が出来ない、今日も汽車賃八十銭、宿料五十銭、小遣三十銭は食い込みである、幸にして二三日前からの行乞で、それだけの余裕はあったけれど。

子供が泣く、ほんとうに嫌だ、私は最も嫌いなものとしては、赤子の泣声を或《ママ》る人の問に答えたことがある。

夜になって、紅足馬、闘牛児の二氏来訪、いっしょに笑楽という、何だか固くるしい料理屋へゆく、私ひとりで飲んでしゃべる、初対面からこんなに打ち解けることが出来るのも層雲〔注＝荻原井泉水主宰の俳誌〕のおかげだ、いや俳句のおかげだ、いやいや、お互の人間性のおかげだ！　だいぶおそくなって、紅足馬さんに送られて帰って来た、そしてぐっすり寝た。

旅のエピソードの一つとして、庄内町に於ける小さい娘の児の事を書き添えておこう、彼女はそこのブルの秘蔵娘らしかった、まだ学齢には達しないらしいけれど、愛嬌のある茶目子だった、私が家の前に立つと、奥へとんでいって一銭持ってきてくれた、そして私に先立って歩いて家々のおくさんを探し出しては一銭を貰ってきてくれた、附添の女中も何ともすることが出来ない、私はありがたいやら、おかしいやらで、微苦笑しつつ行乞をつづけた。

草鞋の時代錯誤的価値、――草鞋を探し求める時にはいつもこんな事を考える、きょうも同様だった。

此宿でも都城でも小林でも晩飯にきっとお汁を添える、山家、或は田舎ではそういうやり方らしい（朝は無論どこでも味噌汁だ）。

九月廿六日　晴、宿は同前。

九時から三時まで、本通りの橘通を片側ずつ行乞する、一里に近い長さの街である、途中闘牛児さんを訪ねてうまい水を飲ませて貰う。

宮崎は不景気で詰らないと誰もがいっていたが、私自身の場合は悪くなかった、むしろよい方だった。

夜はまた招かれて、闘牛児さんのお宅で句会、飲み食う会であった、紅足馬、闘牛児、蜀羊星（今は故人）みんな家畜に縁のある雅号である、牛飲馬食ですなどといって笑い合った。

昨日はあれほど仲のよかった隣室の若夫婦が、今日は喧嘩して奴鳴《ママ》ったり殴ったりしている、それを聞くのが嫌なので、運悪く仲裁でもしなければならないようになっては困るので早々湯屋へゆき、ぶらぶら散歩する。

秋暑い窓の女はきちがひか

物思ふ雲のかたちのいつかかはつて

草を草鞋をしみ〴〵させるほどの雨

うまい匂ひが漂ふ街も旅の夕ぐれ

傾いた屋根の下で旅日記書いてゐる

・蚤が寝せない旅の星空

ここの名物、地酒を少し飲む、肥後の赤酒と同種類のものである、口あたりがよくて酔うことも酔うらしい、私には一杯でたくさんだった（地酒に対して清酒を上方酒といっている）。

九月廿七日　晴、宿は同前、宮崎神宮へ。

今日は根気よく市街を行乞した、おかげで一日や二日、雨が降っても困らないだけの余裕が出来た。

帰宿したのが四時、すぐ湯屋へ、それから酒屋へ、そしてぶらぶらと歩いて宮崎神宮へ参拝した、樹木が若くて社殿は大きくないけれど、簡素な日本趣味がありがたかった。

この町の名物、大盛うどんを食べる、普通の蕎麦茶碗に一杯盛ってたった五銭、お代りをするのはよっぽど大きな胃の腑だ、味は悪くもなければ良くもない、とにかく安い、質と量とそして値段と共に断然他を圧している、いつも大入だ。

夜はまた作郎居で句会、したたか飲んだ、しゃべりすぎた、作郎氏とはこんどはとても面接の機があるまいと思っていたのに、ひょっこり旅から帰られたのである、予想したような老紳士だった、二時近くまで四人で過ごした。

九月廿八日　曇后晴、生目社へ。

お昼すぎまで大淀——大淀川を東に渡ったところの市街地——を行乞してから、誰もが詣る生目様へ私も詣った、小っぽけな県社に過ぎないけれど、伝説の魅力が各地から多くの眼病患者を惹きつけている、私には境内にある大楠大銀杏がうれしかった、つくつくぼうしが忙しくないていたのが耳に残っている、帰途は近道を教えられて高松橋（渡し銭三銭）を渡り、景清公御廟所というのへ参詣する、人丸姫の墓もある（景清の墓石は今では堂内におさめてある、何しろ眼薬とすべく、その墓石を削り取る人が多くて困ったので）。今日はしっかり労れた、六里位しか歩かないのだが、脚気がまた昂じて、足が動かなくなってしまった、暮れて灯されてから宿に帰りついた、すぐ一風呂浴びて一杯やって寝る。

また一つ旅のエピソード、――この宿は子沢山で、ちょっと借りて穿くような下駄なんぞありやしない、ようやく自分で床下からチグハグなのを片足ずつ探し出したが、右は黒緒の焼杉、左は白緒の樫、それも歩いているうちに、鼻緒も横も切れてしまって、とうとう跣足にならなければならなかった。

大淀の丘に登って宮崎平原を見おろす、ずいぶん広い、日向の丘から丘へ、水音を踏みながら歩いてゆく気分は何ともいえないものがあった、もっともそれは五六年前の記憶だが。

昨日、篤信らしい老人の家に呼び入れて《ママ》、彼岸団子をいただいたこと、小豆ぬり、黄粉ぬり、たいへんおいしかったことを書き漏らしていた、こういう場合には一句なければならないところだ。

これは闘牛児さんの話である、氏の宅の井戸水はおっとりとした味を持っている、以前は近隣から貰いにくるほどの水だったそうなが、厳父がヨリよい水を求めて掘り下げて却ってよくない水としたそうな、そしてまたそれを砂利で浅くして、ようやくこれだけの水が出るようになったとのことである、このあたりは水脈が浅いらしい、とにかく、掘りさげて水が悪くなったという事実は或る暗示を与える、どん底まで掘ればいいが、生半端に掘ったところよりも、むしろ浅いところによい水が湧くこともあるということは知っておくがよかろう。

きょうは大淀駅近くの、アンテナのある家で柄杓に二杯、生目社の下で一杯、景清廟の前で二杯、十分に水を飲んだことである。

途上即事

笠の蝗の病んでゐる

・死ぬるばかりの蝗を草へ放つ

放ちやる蝗うごかない

今夜同宿の行商人は苦労人だ、話にソツがなくてウルオイがある、ホントウの苦労人はいい。

九月廿九日　晴、宿は同前、上印をつけてあげる。

気持よく起きて障子を開けると、今、太陽の昇るところである、文字通りに「日と共に起き」たのである、或は雨かと気遣っていたのに、まことに秋空一碧、身心のすがすがしさは何ともいえない、食後ゆっくりして九時から三時まで遊楽地を行乞、明日はいよいよ都会を去って山水の間に入ろうと思う、知人俳友にハガキを書く。

此宿は座敷も肴も、夜具も待遇もよいけれど、子供がうるさく便所の汚いのが疵だ、そしていかにも料理がまずい、あれだけの材料にもう少しの調理法を加えたならばどんなに客が満足することだろう。

今日の行乞中に二人、昨日は一人の不遜な中年女にでくわした、古い型の旧式女性から、女のしおらしさ、あたたかさ、すなおさを除いて、何が残るか！

子供が声張りあげて草津節をうたっている、「草津よいとこ一度はおじゃれ、お湯の中にも花が咲く」チョイナチョイナ、ほんとうにうまいものである、私はじっとそれに耳を傾けながら物思いに耽っているのである、——此間の年数五十年相経ち申し候だろうな。

両手が急に黒くなった、毎日鉄鉢をささげているので、秋日に焼けたのである、流浪者の全身、特に顔面は誰でも日に焼けて黒い、日に焼けると同時に、世間の風に焼けるのである、黒いのはよい、濁ってはかない《ママ》ない。

行乞中、しばしば自分は供養をうけるに値しないことを感ぜざるをえない場合がある、昨日も今日もあった、早く通り過ぎるようにする、貧しい家から全財産の何分一かと思われるほど米を与えられるとき、或はなるたけ立たないようにする仕事場などで、主人がわざわざ働く手を休ませて蟇口を探って銅貨の一二□を鉄鉢に投げ入れてくれるとき。……

同宿の修行遍路――いずれ炭坑夫などのドマグレで、からだには鯨青のあとがある手合だろう――酔いしれて、宿のものを手古摺らし同宿人の眉を顰めさせている、此地方では酔うて管を巻くことを山芋を掘るという、これも面白い言葉である。
言葉といえば此辺の言葉はアクセントが何だか妙で、私には解らないことが多い、言葉の解らない寂しさ、それも旅人のやるせなさの一つである。

九月三十日　秋晴申分なし、折生迫、角屋（旅館・中）

いよいよ出立した、市街を後にして田園に踏み入って、何となくホッとした気持になる、山が水が、そして友が私を慰めいたわり救い助けてくれる。

ここまで四里の道すがら行乞したが、すっかり労れてしまった、おまけにボクチンに泊りそこなって（あのボクチンのマダムは何という無智無愛嬌だったろう）旅館に泊った、一室一燈を占有して、のんびりと読んだり書いたりする、この安らかさは、二十銭三十銭には代えられない、此宿はかなり広い家だが、お客さんとしては私一人だ、主人公も家内もみな好人物だけれど、不景気風に吹きまくられているらしい。

青島を見物した、檳榔樹が何となく弱々しく、そして浜万年青《はまおもと》がいかにも生々していたのが印象として残っている、島の井戸――青島神社境内――の水を飲んだが、塩気らしいものが感じられなかった――その水の味もまた忘れえぬものである。

久しぶりに海を見た、果もない大洋のかなたから押し寄せて砕けて、白い波を眺めるのも悪くなかった（宮崎の宿では毎夜波音が枕にまで響いた、私は海の動揺よりも山の閑寂を愛するようになっている）。

今日、途上で見たり聞いたり思いついたりしたことを書きつけておこう、昔の客馬車をそのまま荷馬車にして老人が町から村へといろいろの雑貨を運んでいた、また草原で休んでいると、年とったおかみさんがやってきて、占い（ウラカタ）はしないかという、また、或る家で、うつくしいキジ猫二匹を見た、撫でてやりたいような衝動を感じた。

今日、求めた草鞋は（此辺にはあまり草鞋を売っていない）よかった、草鞋がしっくりと足についた気分は、私のような旅人のみが知る嬉しさである、芭蕉は旅の願いとしてよい宿とよい草鞋とをあげた、それは今も昔も変らない、心も軽く身も軽く歩いて、心おきのない、情のあたたかい宿におちついた旅人はほんとうに幸福である。

いわば草鞋は時代錯誤的な履物である、そこに時代錯誤的な実益と趣味とが隠されている。

このあたりの山も海もうつくしい、水も悪くない、ほんの少しの塩分を含んでいるらしい、私のような他郷のものにはそれが解るけれど、地の人々には解らないそうだ、生れてから飲みなれた水の味はあまり飲みなれて解らないものらしい、これも興味のある事実である。

夜おそくなって、国勢調査員がやってきて、いろいろ訊ねた、先回の国勢調査は味取でうけた、次回の時には何処で受けるか、或は墓の下か、いや、墓なぞは建ててくれる人もあるまいし、建てて貰いたい望みもないから、野末の土くれの一片となってしまっているだろうか、いやいやまだまだ業が尽きないらしいから、どこかでやっぱり思い悩んでいるだろう。

元坊にあげたハガキに、――とにかく俳句（それが古くても新しくても）というものはやっぱり夏炉冬扇ですね、またそれで十分じゃありませんか、直接其場の仕事に役立たないところに俳句のよさがあるのではないでしょうか、私共はあまり考えないでその時その時の感動を句として表現したいと思います。

夕日まぶしい銅像を仰ぐ
涸れはて、沼底の藻草となつてしまつて
波の音たえずしてふる郷遠し
波音遠くなり近くなり余命いくばくぞ
お茶を下さる真黒な手で
　　青島即事
・白浪おしよせてくる虫の声

十月一日 曇、午后は雨、伊比井、田浦という家（七〇・中）

よう寝られて早う眼が覚めた、音のしないように戸を繰って空を眺める、雨かも知れない、しかし滞留は財布が許さない、九時から十一時まで、そこらあたりを行乞、それから一里半ほど内海《ウチウミ》まで歩く、峠を登ると大海にそうて波の音、波の色がたえず身心にしみいる、内海についたのは一時、二時間ばかり行乞する、間違いなく降り出したので教えられた家を尋ねて一泊を頼んだが、何とか彼とかいって要領を得ない（田舎者は、yes noをはっきりいわない）、思い切って濡れて歩むことまた一里半、ここまで来たが、安宿は満員、教えられてこの家に泊めて貰う、この家も近く宿屋を初めるつもりらしい、投込だから木賃よりもだいぶ高い、しかし主人も妻君も深切なのがうれしかった、何故だか気が滅入りこんでくるので、諸焼酎三杯ひっかけて、ぐっすりと寝てしまった。

労れて宿に着いて、風呂のないのは寂しくもあり嫌でもある、私は思う、日本人には入浴ほど安価な享楽はない。

朝夕の涼しさ、そして日中の暑さ。

今日此頃の新漬――菜漬のおいしさはどうだ、ことに昨日のそれはおいしかった、私が漬物の味を知ったのは四十を過ぎてからである、日本人として漬物と味噌汁と（そして豆腐と）のうまさを味わいえないものは何という不幸だろう（そういう不幸は日本人らしい日本人にはないけれど）。

酒のうまさを知ることは幸福でもあり不幸でもある、いわば不幸な幸福であろうか、『不幸にして酒の趣味を解し……』というような文章を読んだことはないか知ら、酒飲みと酒好きとは別物だが、酒好きの多くは酒飲みだ、一合は一合の不幸、一升は一升の不幸、一杯二杯三杯で陶然として自然人生に同化するのが幸福だ（ここでまた若山牧水、葛西善蔵、そして放哉坊を思い出さずにはいられない、酔うてニコニコするのが本当だ、酔うて乱れるのは無理な酒を飲むからである）。

今日、歩きつつつくづく思ったことである、――汽車があるのに、自動車があるのに、歩くのは、しかも草鞋をはいて歩くのは、何という時代おくれの不経済な骨折だろう（事実、今日の道を自動車と自転車とは時々通ったが、歩く人には殆んど逢わなかった）、然り而して、その馬鹿らしさを敢て行うところに、悧巧でない私の存在理由があるのだ。

自動車で思い出したが、自動車は埃のお接待をしてくれる、摂取不捨、何物でも戴かなければならない私は、法衣に浴せかけられた泥に向っても合掌しなければならないのだろう。

今日の特種としては、見晴らしのいい路傍に蹇車を見出した事だった、破れ着物を張りまわした中から、ぬっと大きな汚ない足が一本出ていた（その片足は恐らく見るかげもなく頽れてしまっているのだろう）、彼は海と山との間に悠々として太平の夢を楽しんでいるのだ、『おい同行さん』とその乞食君（私としては呼び捨てには出来ない）に話しかけたかったが彼の唯一の慰めともいうべき睡眠を妨げることを恐れて、黙って眺めて通り過ぎたが。

　泊めてくれない村のしぐれを歩く
　こゝろつかれて山が海がうつくしすぎる
　岩のあひだにも畠があつて南瓜咲いてる
・波音の稲がよう熟れてゐる
・蕎麦の花にも少年の日がなつかしい
　労れて足を雨にうたせる

十月二日　雨、午后は晴、鵜戸、浜田屋（三五・中）

ほんとうによう寝られた、夜が明けると眼がさめて、すぐ起きる、細い雨が降っている、きょうもまた濡れて歩く外ない、昨日の草鞋を穿いて出かける、途中、宮ノ浦という部落を行乞したが、どの家も中流程度で、富が平均しているようであった、今は養蚕と稲扱《いねこき》との最中であった、三里半歩いて鵜戸へ着いたのが二時過ぎ、ここでも二時間あまり行乞、それから鵜戸神宮へ参拝した、小山の石段を登って下る足は重かったが、老杉しんしんとしてよかった、ただ民家が散在しているのを惜しんだ、社殿は岩窟内にある、大海の波浪がその岩壁へ押し寄せて砕ける、境地としては申分ない、古代の面影がどことなく漂うているように感じる。

今夜はボクチンに泊ることが出来た、殊に客は私一人で二階の六畳一室に寝そべって、電燈の明るさで、旅のたよりを書くことが出来た、寥平、緑平の二君へ、そして吉田、石次、中山の三氏へ神宮絵葉書を出したのでほっとした。句はだいぶ出来た、旅で出来る句は無理に作ったのでないから、平凡でも、その中に嫌味は少ない。

・お経あげてお米もらうて百舌鳥ないて
　露草が露をふくんでさやけくも
・一りん咲けるは浜なでしこ
・鵜しきりに啼いて何を知らせる
・われとわれに声かけてまた歩き出す
・はてしない海を前にして尿する
・吠えつゝ犬が村はづれまで送つてくれた
　殺した虫をしみ〴〵見てゐる

腰をかける岩も私もしつとり濡れて
・けふも濡れて知らない道を行く
穴にかくれる蟹のうつくしさよ
・だるい足を撫でては今日をかへりみる
暗さおしよせる波がしら
交んだ虫で殺された
霽れてはつきりつく／＼ぼうし

此附近の風景は土佐海岸によく似ている、ただ石質が異る、土佐では巨巌が立ったり横《よこた》わったりしているが、ここではまるで平石を敷いたような岩床である、しかしおしよせ、おしよせて、さっと砕け散る波のとどろきはどちらも壮快である、絶景であることには誰も異論はなかろう。

現在の私には、海の動揺は堪えられないものである、なるたけ早く山路へはいってゆこう。

私の行乞のあさましさを感じた、感ぜざるをえなかった、それは今日、宮ノ浦で米一升五合あまり金十銭ばかり戴いたので、それだけでもう今日泊って食べるには十分である、それだのに私はさらに鵜戸を行乞して米と銭とを戴いた、それは酒が飲みたいからである、煙草が吸いたいからである、報謝がそのままアルコールとなりニコチンとなることは何とあさましいではないか！

とにもかくにも、どうしても私は此旅で酒を揚棄しなければならない、酒は飲んでも飲まなくてもいい境界へまで達しなければならない、飲まずにはいられない気分が悪いように、飲んではならないという心持もよくないと思う、好きな酒をやめるには及ばない、酒そのものを味うがよい、陶然として歩を運び悠然として山を観るのである。

岩に波が、波が岩にもつれている、それをじっと観ていると、岩と波とが闘っているようにもあるし、また、戯れているようにもある、しかしそれは人間がそう観るので、岩は無心、波も無心、非心非仏、即心即仏である。

猫が鳴きよる、子供が呼びかける、犬がじゃれる、虫が飛びつく、草の実がくっつく、――そしてその反対の場合はどうだろう、――犬に吠えられる、子供に悪口雑言される、猫が驚ろいて逃げる、家の人は隠れる、等、等、等。

袈裟の功徳と技巧！　何という皮肉な語句だろう、私は恥じる、悔いる、願わくは、恥のない、悔のない生活に入りたい、行うて悔いず、そこに人生の真諦があるのではあるまいか。

同宿の或る老人が話したのだが（実際、彼の作だか何だか解らないけれど）、

　一日に鬼と仏に逢ひにけり

仏山にも鬼は住みけり

鬼が出るか蛇が出るか、何んにも出やしない、何が出たってかまわない、かの老人の健康を祈る。

鵜戸神宮では自然石の石だたみのそばに咲いていた薊の花がふかい印象を私の心に刻んだ、今頃、薊は咲くものじゃあるまい、その花は薄紅の小さい姿で、いかにも寂しそうだった、そして石段を登りつくそうとしたところに、名物『お乳飴』を売っている女子供の群のかしましいには驚かされた、まさかお乳飴を売るからでもあるまいが、まるで、乳房をせがむ子供のようだった、残念なことにはその一袋を買わなかったことだ。

宿の後方の横手《ヨコテ》に老松が一本蟠っている、たしかに三百年以上の樹齢だろう、これを見るだけでも木賃料三十五銭の値打はあるかも知れない、いわんや、その下へは太平洋の波がどうどうとおしよせている、その上になお、お隣のラジオは、いや蓄音器は青柳をうたっている、青柳といえば、昔、昔、その昔、KさんやSさんといっしょにムチャクチャ遊びをやった時代が恋いしくなる。

ここの枕はめずらしくも坊主枕だ、莫蓙枕には閉口する、あの殺風景な、実用一点張の、堅い枕は旅人をして旅のあわれを感ぜしめずにはおかない、坊主枕はやさしくふっくらとして、あたたかいねむりをめぐんでくれる。

宮崎の人々は不深切というよりも無愛想らしい、道のりのことをたずねても、教えてくれるというよりも知らん顔をしている、頭もよくないらしい（宮崎の人々にかぎらず、だいたい田舎者は数理観念に乏しい）、一里と二里とを同一の言葉で現わしている、腹を立てるよりも苦笑すべきだろう。

十月三日　晴、飫肥町、橋本屋（三五・中）

すこし寝苦しかった、夜の明けきらないうちに眼がさめて読書する、一室一燈占有のおかげである、八時出立、右に山、左に海、昨日の風景のつづきを鑑賞しつつ、そしてところどころ行乞しつつ風田という里まで、そこから右折して、小さい峠を二つ越してここ飫肥の町へついたのは二時だった、途中道連れになった同県の同行といっしょに宿をとった。

此宿の老主人から、米を渡すとき、量りが悪いというので嫌味をいわれた、さては私もそれほど慾張りになったのか、反省しなければならない、それにしても宮崎では良すぎるといわれ、ここではよくないといわれる、世はさまざま人はそれぞれであるかな。

今朝、宿が豆腐屋だったので、一丁いただいたが、何とまずい豆腐だったことか、いかに豆腐好きの私でも、その堅さ、その臭さには、せっかくの食慾をなくされてしまった。

朝、まだ明けきらない東の空、眺めているうちに、いつとなく明るくなって、今日のお天道様がらんらんと昇る、それは私には荘厳すぎる光景であるが、めったに見られない歓喜であった、私はおのずから合掌低頭した。

今は障子の張替時である、張り替えて真白な障子がうれしいと同様、剝がしてまだ張らない障子はわびしい、そういう障子をよせかけたままの部屋へ通されて、ひとりぽかんとしているのは、ずいぶんさびしいものである。

午後は風が出た、顔をあげていられないほどの埃だった、こういう日には網代笠のありがたさを感じる、雨にも風にも雪にも、また陽にもなくてはならないものである。

休んでゆかう虫のないてゐるこゝで
一椀の茶をのみほして去る
子供ら仲よく遊んでゐる墓の中
大魚籃《ビク》ひきあげられて秋雨のふる
墓が家がごみ〳〵と住んでゐる
すげない女は大きく孕んでゐた
その音は山ひそかなる砂ふりしく
けふのつれは四国の人だつた
暮れの鐘が鳴る足が動かなくなつた

十月四日　曇、飫肥町行乞、宿は同前。

長い一筋街を根気よく歩きつづけた、かなり労れたので、最後の一軒の飲食店で、刺身一皿、焼酎二杯の自供養をした、これでいよいよ生臭坊主になりきった。

この地方には草鞋がないので困った、詮方なしに草履にした、草鞋というものは無論時代おくれで、地下足袋にすっかり征服されてしまったけれど、此頃はまた多少復活しつつある、田舎よりも却って市街で売っている。

此宿の老爺は偏屈者だけれど、井戸水は素直だ、夜中二度も腹いっぱい飲んだ、蒲団短かく、夜は長く、腹いっぱい水飲んで来て寝ると前に書いたこともあったが。

昨日から道連れになって同宿したお遍路さんは面白い人だ、酒が好きで魚が好きで、無論女好きだ、夜流し専門、口先きがうまくて手足がかろい、誰にも好かれる、女には無論好かれる。

夕方になると里心が出て、ひとりで微苦笑する、家庭というものは——もう止そう。

この宿の老妻君は中気で動けなくなっている、その妻君に老主人がサジでお粥を食べさせている、それはまことにうつくしいシーンであった。

わずか二里か三里歩いてこんなに労れるとは私も老いたるかなだ、私は今まであまりに手足を虐待していなかったか、手足をいたわれ、口ばかり可愛がるな。

わざわざお婆さんが後を追うて来て一銭下さった、床屋で頭を剃る、若い主人は床屋には惜しいほどの人物だった。

焼酎屋の主人から、焼酎は少し濁っているのが本当だと聞かされた、藷焼酎の臭気はなかなかとれないそうだ、その臭気の多い少いはあるが。

今日は行乞エピソードとして特種が二つあった、その一つは文字通りに一銭を投げ与えられたことだ、その一銭を投げ与えた彼女は主婦の友の愛読者らしかった、私は黙ってその一銭を拾って、そこにいた主人公に返してあげた、他の一つは或る店で女の声で、出ませんよといわれたことだ、彼女も婦人倶楽部の愛読者だったろう。

・白髪《シラガ》剃りおとすうちに暮れてしまつた
・こゝに白髪を剃りおとして去る
・熟《ウ》れて垂れて稲は刈られるばかり
秋晴れの屋根を葺く
秋風の馬に水を飲ませる
水の味も身にしむ秋となり
・お天気がよすぎる独りぼつち
・秋の土を掘りさげてゆく
誰もゐないでコスモスそよいでゐる
剝《ヘ》いでもらつた柿のうまさが一銭

行乞記の重要な出来事を書き洩らしていた――もう行乞をやめて宿へ帰る途上で、行きずりの娘さんがうやうやしく十銭玉を一つ報謝して下さった、私はその態度がうれしかった、心から頭がさがった、彼女はどちらかといえば醜い方だった、何か心配事でもあるのか、亡くなった父か母でも思い出したのか、それとも恋人に逢えなくなったのか、とにかく、彼女に幸あれ、冀くは三世の諸仏、彼女を恵んで下さい。

十月五日　晴、行程二里、油津町、肥後屋（三五・下）

ぶらりぶらりと歩いて油津で泊る、午前中の行乞相はたいへんよかったが、午後はいけなかった。

此宿の人々はみな変人だ、あとで聞いたら変人として有名なそうだ、おかみさんは会話が嫌いらしい。

乞食にも見放された家、そういう家がある、それは貧富にかかわらない、人間らしからぬ人間が住んでいる家だ、私も時々そういう家に立ったことがある。

その一銭をうけて、ほんとうにすまないと思う一銭。

秋は収穫のシーズンか、大きな腹をかかえた女が多い、ある古道具屋に、『御不用品何でも買います、但し人間のこかしは買いません』と書いてあった、こかしとは此地方で、怠けものを意味する方言だそうな、私なぞは買われない一人だ。

同宿のエビス爺さん、尺八老人（虚無僧さんのビラがない）、絵具屋さん、どれも特色のある人物だった。

例のお遍路さんから、肉体のおせったいという話を聞いた、ずいぶんありがたい、いや、ありがたすぎるおせったいだろう。

親子三人連れのお遍路さんも面白い人だった、みんな集って雑談の花が咲いたとき、これでどなたもブツの道ですなあといった、ブツは仏に通じ、打つに通じる、打つは勿論、飲む買う打つの打つである、またいった、虱と米の飯とを恐れては世間師は出来ませんよと、虱に食われ、米の飯を食うところに世間師の悲喜哀歓がある。

秋暑い乳房にぶらさがつてゐる
よいお天気の言葉かけあつてゆく
旅は気軽い朝から唄つてゐる
ふる郷忘れがたい夕風が出た
子供と人形と猫と添寝して
日向子供と犬と仲よく
秋風の鶏を闘はせてゐる

十月六日　晴、油津町行乞、宿は同前。

九時から三時まで行乞、久しぶりに日本酒を飲んだ、宮崎鹿児島では焼酎ばかりだ、焼酎は安いけれど日本酒は高い、私の住める場所じゃない。
十五夜の明月も観ないで宵から寝た、酔っぱらった夢を見た、まだ飲み足らないのだろう。

油津という町はこぢんまりとまとまった港町である、海はとろとろと碧い、山も悪くない、冬もあまり寒くない、人もよろしい、世間師のよく集るところだという。

小鳥いそがしく水浴びる朝日影

・秋が来た雑草にすわる

子供握つてくれるお米がこぼれます

八月十五夜は飫肥、油津、大堂津あたりでは全町総出で綱引をやる、興味ふかい年中行事の一つだと思う。

明月の大綱をひつぱりあつてゐる

十月七日　晴、行程二里、目井津、末広屋（三五・下）

雨かと心配していたのに、すばらしいお天気である、そここ行乞して目井津へ、途中、焼酎屋で藷焼酎の生一本をひっかけて、すっかりいい気持になる、宿ではまた先日来のお遍路さんといっしょに飲む、今夜は飲みすぎた、とうとう野宿をしてしまった、その時の句を、嫌々ながら書いておく。

酔中野宿

・酔うてこほろぎといつしよに寝てゐたよ

大地に寝て鶏の声したしや
草の中に寝てゐたのか波の音
・酔ひざめの星がまたゝいてゐる
・どなたかかけてくださつた莚あたゝかし

此宿はよくないが、便所だけはきれいだった、久しぶりに気持よくしゃがんでいることが出来た。

竹を眺めつゝ尿してゐる
ちらほら家が見え出して鵙《もず》が鋭く

今日の珍しい話は、船おろしというので、船頭さんの馴染女を海に追い入れているのを見たことだった、そして嬉しい話は、或る家の主人から草鞋をいただいたことだった、油津で一足買ったことは買ったが。

このあたりの海はまったく美しい、あまり高くない山、青く澄んで湛えた海、小さい島──南国的情緒だ、吹く風も秋風だか春風だか分らないほどの朗らかさだった。

十月八日　晴、后曇、行程三里、榎原、栄屋（七〇・上上）

どうも気分がすぐれないので滞在しようかとも思ったが、思い返して一時出立、少し行乞してここまで来た、安宿はないから、此宿に頼んで安く泊めて貰う、一室一人が何よりである、家の人々も気易くて深切だ。

ようやく海を離れて山へ来た、明日はまた海近くなるが、今夜は十分山気を呼吸しよう。
・こんなにうまい水があふれてゐる
・窓をあけたら月がひよつこり
日向の自然はすぐれているが、味覚の日向は駄目だ、日向路で食べもの飲みものの印象として残っているのは、焼酎の臭味と豆腐の固さとだけだ、今日もその焼酎を息せずに飲み、その豆腐をやむをえず食べたが。

よく寝た、人生の幸福は何といったとて、よき睡眠とよき食慾だ、ここの賄はあまりいい方ではないけれど（それでも刺身もあり蒲鉾もあったが）夜具がよかった、新モスの新綿でぽかぽかしていた、したがって私の夢もぽかぽかだった訳だ、私のようなものには好過ぎて勿躰ないでもなかった。

十月九日　曇、時雨、行程三里、上ノ町、古松屋（三五・上）

夜の明けないうちに眼がさめる、雨の音が聞える、朝飯を食べて煙草を吸うて、ゆっくりしているうちに、雲が切れて四方が明るくなる、大したこともあるまいというので出立したが、降ったり止んだり合羽を出したり入れたりする、そして二三十戸集っているところを三ヵ所ほど行乞する、それでやっと今日の必要だけは頂戴した、何しろ、昨日は朝の別れに例のお遍路さんと飲み、行乞はあまりやらなかったし、それにヤキがなくてリョカンに泊ったので、一枚以上の食い込みだ（こういう世間師のテクニックを覚えて使うのも、こういう境涯の善し悪しだ）。

二時過ぎには宿についた、誰もが勧めるほどあって、気持のよい家と人とであった。

傘を借り足駄を借りて、中ノ町を歩いて見る、港までは行けなかった、福島町というのは上ノ町、中ノ町、今町の三つを合せて延長二里に亘る田舎街である。

隣室は世間師坊主の四人組、多分ダフのゴミだろう、真言、神道、男、女、面白い組合だ。

今日の道は山路だからよかった、萩がうれしかった、自動車よ、あまり走るな、萩がこぼれます。

昨夜の女主人公は楽天家だった、今夜の女主人公は家政婦らしい、子を背負うて安来節をうたうのもわるくないし、雑巾で丹念に板座を拭くのもよろしい。

一昨日、書き洩らしてはならない珍問答を書き洩らしていた、大堂津で藷焼酎の生一本をひっかけて、ほろほろ気嫌で、やってくると、妙な中年男がいやに丁寧にお辞儀をした、そして私が僧侶（⁉）であることをたしかめてから、問うて曰く『道とは何でしょうか』また曰く『心は何処に在りますか』道は遠きにあらず近きにあり、趙州曰く、平常心是道、常済大師曰く、逢茶喫茶、逢飯食飯、親に孝行なさい、子を可愛がりなさい――心は内にあらず外にあらず、さてどこにあるか、昔、達磨大師は慧可大師に何といわれたか、——ああなたは法華宗ですか、では自我偈を専念に読誦なすったらいいでしょう——彼はまた丁寧にお辞儀して去った、私は歩きつつ微苦笑する外なかった。

まゝよ法衣は汗で朽ちた

・ゆつくり歩かう萩がこぼれる

訂正二句

酔うてこほろぎと寝てゐたよ〔削除の印あり〕

大地したしう夜を明かしたり波の音

昨夜は榎原神社に参詣し、今日は東間神社に参詣した、前者は県社、後者は郷社に過ぎないが、参拝者はずいぶんに多いと見えて、そこには二三十軒の宿屋、飲食店、土産物店が並んでいた、こういう場所には地方的特色が可なり濃厚に出ている。

同室三人、箒屋というむっつり爺さん、馬具屋というきょろきょろ兄さん、彼等にも亦、地方的特色が表現されている。

十月十一日　晴、曇、志布志町行乞、宿は同前。

九時から十一時まで行乞、こんなに早う止めるつもりではなかったけれど、巡査にやかましくいわれたので、裏町へ出て、駅で新聞を読んで戻って来たのである（だいたい鹿児島県は行乞、押売、すべての見師《ママ》の行動について法文通りの取締をするそうだ）。

今日は中学校の運動会、何しろ物見高い田舎町の事だから、爺さん婆さんまで出かけるらしい、それも無理はない、いや、よいことだと思う。

隣室の按摩兼遍路さんは興味をそそる人物だった、研屋さんも面白い人物だった、昨夜の

「山芋掘り」も亦異彩ある人物だった、彼は女房に捨てられたり、女房を捨てたり、女に誑されたり、女を誑したりして、それが彼の存在の全部らしかった、いわば彼は愚人で、そして喰えない男なのだ、多少の変質性と色情狂質とを持っていた。

畑のまんなかに、どうしたのか、コスモスがいたずらに咲いている、赤いの、白いの、弱々しく美しく眺められる。

今日はまた、代筆デーだった。あんまさんにハガキ弐枚、とぎやさんに四枚、やまいもほりさんに六枚書いてあげた、代筆《ママ》をくれようとした人もあるし、あまり礼もいわない人もある。

夕べ、一杯機嫌で海辺を散歩する、やっぱり寂しい、寂しいのが本当だろう。

行乞している私に向って、若い巡査曰く、托鉢なら托鉢のように正々堂々とやりたまえ、

私は思う、これでずいぶん正々堂々と行乞しているのだが。

隣室に行商の支那人五人組が来たので、相客二人増しとなる、どれもこれもアル中毒者だ（私もその一人であることに間違いない）、朝から飲んでいる（飲むといえばこの地方では

諸焼酎の外の何物でもない)、彼等は彼等にふさわしい人生観を持っている、体験の宗教とでもいおうか。

コロリ往生——脳溢血乃至心臓麻痺でくたばる事だ——のありがたさ、望ましさを語ったり語られたりする。

人間というものは、話したがる動物だが、例の山芋掘りさんの如きは、あまり多く話す、ナフ売りさんはあまりに少く話す、さて私はどちらだったかな。

酒壺洞君の厚意で、寝つかれない一夜がさほど苦しくなかった、文芸春秋はこういう場合の読物としてよろしい。

支那人——日本へ来て行商している——は決して飲まない、煙草を吸うことも少い、朝鮮人はよく飲みよく吸い、そしてよく喧嘩する(日本人によく似ている)、両者を通じて困るのは、彼等の会話が高調子で喧騒で、傍若無人なことだ。

夢に、アメリカへ渡って、ドーミグラスという町で、知ったような知らないような人に会って一問題をひきおこした、はて面妖な。

十月十二日　晴、岩川及末吉町行乞、都城、江夏屋(四〇・中)

九時の汽車に乗る、途中下車して、岩川で二時間、末吉で一時間行乞、今日はまた食い込みである。

・年とれば故郷こひしいつく〳〵ぼうし
安宿のコスモスにして赤く白く
一本一銭食べきれない大根である
・何とたくさん墓がある墓がある
海は果てなく島が一つ
・はだかでだまつて何掘つてるか
秋寒く酔へない酒を飲んでゐる
今日のうれしさは草鞋のよさは
一きれの雲もない空のさびしさまさる
波のかゞやかさも秋となつた
砂掘れば砂のほろ〳〵
線路へこぼる丶萩の花かな
秋晴れて柩を送る四五人に
・岩が岩に薊咲かせてゐる（鵜戸）
・何といふ草か知らないつ丶ましう咲いて
まづ水を飲みそれからお経を
・言葉が解らないとなりにをる

秋晴れの菜葉服を出し褪めてゐる

・こころしづ山のおきふし

・家を持たない秋がふかうなつた

・捨てゝある扇子をひらけば不二の山

旅の夫婦が仲よく今日の話

　行乞即事

秋の空高く巡査に叱られた

・その一銭はその児に与へる

今夜は飲み過ぎ歩き過ぎた、誰だか洋服を着た若い人が宿まで送ってくれた、彼に幸福あれ。

藷焼酎の臭気はなかなかとれないが、その臭気をとると、同時に辛味もなくなるそうな、臭ければこそ酔うのだろうよ。

世を捨てて山に入るとも味噌醤油酒の通い路なくてかなわじ、という狂歌（？）を読んだ、山に入っても、雲のかなたにも浮世があるという意味の短歌を読んだこともある、ここも山里塵多しと語《ママ》句も覚えている、田の草をとればそのまま肥料《コヤシ》かな——煩悩即菩提、生死去来真実人、さてもおもろい人生人生。

夕方また気分が憂鬱になり、感傷的にさえなった、そこで飛び出して飲み歩いたのだが、コーヒー一杯、ビール一本、鮨一皿、蕎麦一椀、朝日一袋、一切合財で一円四十銭、これで懐はまた秋風落寞、さっぱりしすぎたかな（追記）。

十月十三日 晴、休養、宿は同前。

とても行乞なんか出来そうもないので、寝ころんで読書する、うれしい一日だった、のんきな一日だった。

一日の憂は一日にて足れり——キリストの此言葉はありがたい、今日泊って食べるだけのゲルトさえあれば（慾には少し飲むだけのゲルトを加えていただいて）、それでよいではないか、それで安んじているようでなければ行乞流浪の旅がつづけられるものじゃない。

この宿はひろびろとして安易な気持でいられるのがよい、電燈の都合がよろしいと申分ないが。

昨日今日すっかり音信の負債を果したので軽い気になった、ゲルトの負債も返せると大喜びなのだけれど、その方は当分、或は永久に見込みないらしい。

句もなく苦もなかった、銭もなく慾もなかった、こういう一日が時になければやりきれない。

十月十五日　晴、行程四里、有水、山村屋（四〇・中・下）

早く立つつもりだったけれど、宿の仕度が出来ない、八時すぎてから草鞋を穿く、やっと昨日の朝になって見つけた草鞋である、まことに尊い草鞋である。

二時で高城、二時間ほど行乞、また二里で有水、もう二里歩むつもりだったが、何だか腹工合がよくないので、豆腐で一杯ひっかけて山村の閑寂をしんみりエンジョイする。

宿の主人は多少異色がある、子供が十人あったと話す、話す彼は両足のない躄だ、気の毒なような可笑しいような、そして呑気な気持で彼をしみじみ眺めたことだった。

途上、行乞しつつ、農村の疲弊を感ぜざるを得なかった、日本にとって農村の疲弊ほど恐ろしいものはないと思う、豊年で困る、蚕を飼って損をする――いったい、そんな事があっていいものか、あるべきなのか。

今日は強情婆と馬鹿娘とに出くわした、何と強情我慢の婆さんだったろう、地獄行間違なし、そしてまた、馬鹿娘の馬鹿らしさはどうだ、極楽の入口だった。

村の運動会（といっても小学校のそれだけれど、村全体が動くのである）は村の年中行事の一つとして、これほど有意義な、そして効果のあるものはなかろう。

宿の小娘に下駄を貸してくれといったら、自分の赤い鼻緒のそれを持って来た、それを穿いて、私は焼酎飲みに出かけた、何となく寂しかった。

友のたれかれに与えたハガキの中に、――

ようやく海の威嚇と藷焼酎の誘惑とから逃れて、山の中へ来ることが出来ました、秋は海よりも山に、山よりも林に、いち早く深まりつつあることを感じます、虫の声もいつとなく細くなって、あるかなきかの風にも蝶々がただようています。……

物のあわれか、旅のあわれか、人のあわれか、私のあわれか、あわれ、あわれ、あわれというもおろかなりけり。

清酒が飲みたいけれど罎詰《びんずめ》しかない、此地方では酒といえば焼酎だ、なるほど、焼酎は銭に於ても、また酔うことに於ても経済だ、同時に何といううまくないことだろう、焼酎が好きなどというのは――彼がほんとうにそう感じているならば――彼は間違なく変質者だ、私は呼吸せずにしか焼酎は飲めない、清酒は味えるけれど、焼酎は呷る外ない（焼酎は無味無臭なのがいい、ただ酔を買うだけのものだ、藷焼酎でも米焼酎でも、焼酎の臭気なるものを私は好かない）。

相客は一人、何かを行商する老人、無口で無愛想なのが却ってよろしい、彼は彼、私は私で、煩わされることなしに私は私自身のしたい事をしていられるから。

湯に入れなかったのは残念だった、入浴は、私にとっては趣味である、疲労を医するということよりも気分を転換するための手段だ、二銭か三銭かの銭湯に於ける享楽はじっさいありがたいものである。

薩摩日向の家屋は板壁であるのを不思議に思っていたが宿の主人の話で、その謎が解けた、旧藩時代、真宗は御法度であるのに、庶民が壁に塗り込んでまで阿弥陀如来を礼拝するので、土壁を禁止したからだと。

十月十六日　曇、后晴、行程七里、高岡町、梅屋（六〇・中）

暗いうちに起きる、鶏が飛びだして歩く、子供も這いだしてわめく、それを煙と無智とが彩るのだから、忙しくて五月蠅《うるさ》いことは疑ない。

今日の道はよかった、――二里歩くと四家《シカ》、十軒ばかり人家がある、そこから山下まで二里の間は少し上って少し下る、下ってまた上る、秋草が咲きつづいて、虫が鳴いて、百舌鳥が啼いて、水が流れたり、木の葉が散ったり、のんびりと辿るにうれしい山路だった、自動車には一台もあわず、時々自転車が通うばかり、行人もあまり見うけなかった、しかし、山下から高岡までの三里は自動車の埃と大淀川水電の工事の響とでうるさかった、せっかくのんびりとした気持が、どうやらいらいらせずにはいないようだった。

今日はめずらしく弁当行李に御飯をちょんびり入れて来た、それを草原で食べたが、前は山、後も山、上は大空、下は河、蝶々がひらりと飛んで来たり、草が箸を動かす手に触れたりして、おいしく食べた。

この宿は大正十五年の行脚の時、泊ったことがあるが、しずかで、きれいで、おちついて読み書きが出来る、殊に此頃は不景気で行商人が少ないため、今夜は私一人がお客さんだ、一室一燈、さっぱりした夜具の中で、故郷の夢のおだやかな一シーンでも見ましょう。

『徒歩禅について』というような小論が書けそうだ、徒歩禅か、徒労禅か、有か無か、是か非か。

今夜は水が飲みたいのに飲みにゆくことが出来ないので、水を飲んだ夢ばかり見た、水を飲めないように戸締りをした点に於て、此宿は下の下だ！

朝の煙のゆう〳〵としてまつすぐ
茶の花はわびしい照り曇り
傾いた軒端にも雁来紅を植えて
水音遠くなり近くなつて離れない
・水音といつしよに里へ下りて来た
休んでゐるそこの木はもう紅葉してゐる
山路咲きつゞく中のをみなへしである
だん〳〵晴れてくる山柿の赤さよ
山の中鉄鉢たゝいて見たりして
・しみ〴〵食べる飯ばかりの飯である

蝶々よずゐぶん弱つてゐますね

　或る農村の風景（連作）

明《アカ》るいところへ連れてきたら泣きやめた児だつた
子を負うて屑繭買ひあるく女房である
傾いた屋根の下には労れた人々
・脱穀機の休むひまなく手も足も
・八番目の子が泣きわめく母の夕べ
・損するばかりの蚕飼ふていそがしう食べ
・出来秋のまんなかで暮らしかねてゐる
こんなに米がとれても食へないといふのか
出来すぎた稲を刈りつゝ呟いてゐる
刈つて挽いて米とするほこりはあれど
豊年のよろこびとくるしみが来て
・コスモスいたづらに咲いて障子破れたまゝ
・寝るだけが楽しみの寝床だけはある
・暮れてほそ〴〵炊きだした
・二本一銭の食べきれない大根である

・何と安い繭の白さを□る

勿論、これは外から見た風景で、内から発した情熱ではない、私としては農村を歩いているうちに、その疲弊を感じ、いや、感じないではいられないので、その感じを句として表現したに過ぎない、試作、未成品、海のものでも山のものでも、もとより畑のものではない。

こういう歌が――何事も偽り多き世の中に死ぬことばかりはまことなりけり――忘れられない、時々思い出しては生死去来真実人に実参しない自分を恥じていたが、今日また、或る文章の中にこの歌を見出して、今更のように、何行乞ぞやと自分自身に喚びかけないではいられなかった、同時に、木喰もいづれは野べの行き倒れ犬か鴉の餌食なりけりという歌を思い出したことである。

十月十七日　曇后晴、休養、宿は同前。

昨夜は十二時がうっても寝つかれなかった、無理をしたためでもあろう、イモショウチュウのたたりでもあろう、また、風邪気味のせいでもあろう、腰から足に熱があって、倦《だる》くて痛くて苦しかった。

朝のお汁に、昨日途上で貰って来た唐辛《とうがらし》を入れる、老来と共に辛いもの臭いもの苦がいものの渋いものが親しくなる。

昨日といえば農家の仕事を眺めていると、粒々辛苦という言葉を感ぜずにはいられない、まったく粒々辛苦だ。

身心はすぐれないけれど、むりに八時出立する、行乞するつもりだけれど、発熱して悪感がおこって、とてもそれどころじゃないので、ようやく路傍に小さい堂宇を見け《ママ》て、その狭い板敷に寝ていると、近傍の子供が四五人やっ《ママ》て声をかける、見ると地面に茣蓙を敷いて、それに横《よこた》わりなさいという、ありがたいことだ、私は熱に燃え悪感に慄える身体をその上に横たえた、うつらうつらして夢ともなく現ともなく二時間ばかり寝ているうちに、どうやら足元もひょろつかず声も出そうなので、二時間だけ行乞、しかも最後の家で、とても我慢強い老婆にぶっつかって、修証義と、観音経とを読誦したが、読誦しているうちに、だんだん身心が快くなった。

　大地ひえ〱として熱あるからだをまかす
・いづれは土くれのやすけさで土に寝る
　このまゝ死んでしまふかも知れない土に寝る
　熱あるからだをなが〱と伸ばす土

前の宿にひきかえして寝床につく、水を飲んで（ここの水はうまくてよろしい）ゆっくりしてさえおれば、私の健康は回復する、果して夕方には一番風呂にはいるだけの勇気が出て来た。

やっと酒屋で酒を見つけて一杯飲む、おいしかった、焼酎とはもう絶縁である。寝ていると、どこやらで新内を語っている、明烏らしい、あの哀調は病める旅人の愁をそそるに十分だ。

たつた一匹の蚊で殺された

病んで寝て蠅が一匹きたゞけ

十月十八日　晴、行程四里、本庄町、さぬきや（三〇・上）

夜が長い、いくども眼がさめた、今日もお天気、ようお天気がつづく、ありがたいことである、雨は世間師には殺人剣だ。

高岡から綾まで二里、天台宗の乞食坊さんと道づれになる、彼の若さ、彼の正直さを知って、何とかならないものかと思う。

綾を二時間ばかり行乞する、このあたりは禅宗が多いので、行乞には都合よろしい、時々嫌なことがある、その嫌なことを利用してはいけない、善用して、自分の忍辱《にんにく》がどんなものであるかを試みる。

先日来、お昼の弁当を持って歩くことにした、今日は畦草をしいて食べた、大根漬がおいしかった、それは高岡の宿のおみか《ママ》さんの心づくしであるが。

綾から本庄までまた二里、三時間ばかり行乞、ようやく教えられた、そして大正十五年泊ったおぼえのある此宿を見つけて泊る、すぐ湯屋へゆく、酒屋へ寄る。……

相客は古参のお遍路さんだ、例の如く坑夫あがりらしい、いつも愚痴をいっている、嫌な男だと思ったが、果して夕飯の時、焼酎を八本も呷って（飲むのじゃない、注ぎ込むのだった）不平を並べ初めた、あまりうるさいので、外へ出てぶらぶらしているうちに、私自身もまたカフェーみたいなところへはいった、ビールを久しぶりに味う、その余勢が朝鮮女の家へまで連れていった、前には五人の朝鮮淫売婦、彼女らがペチャペチャ朝鮮語をしゃべるので私も負けずにブロークンイングリッシュをしゃべる、そのためか、ただしは一銭銅貨ばかりで払うのに同情したからか、五十銭の菓子代を三十銭に負けてくれた、何と恥ずかしい、可笑しい話ではないか。

アルコールのおかげで、隣室の不平寝言——彼は寝てまで不平をいっている——のも気にかけないで、また夜中降りだした雨の音も知らないで、朝までぐっすり寝ることができた。

此宿はよい、待遇もよく賄もよく、安くて気楽だ、私が着いた時に足洗い水をとってくれたり、相客の喧騒を避けさせるべく隣室に寝床をしいてくれた、老主人は昔、船頭として京浜地方まで泳ぎまわったという苦労人だ、例の男の酔態に対しても平然として処置を誤まらない、しかし、蒲団だけは何といってもよろしくない、私は酔うていなかったらその臭気紛々でとても寝つかれなかったろう、朝、眼が覚めると、飛び起きたほどだ。

酔漢が寝床に追いやられた後で、鋳掛屋さんと話す、私が槍さびを唄って彼が踊った、ノンキすぎるけれど、こういう旅では珍らしい逸興だった、しかし興に乗りすぎて嚢中二十六銭しか残っていない、少し心細いね――嚢中自無銭！

十月十九日　曇、時々雨、行程五里、妻町、藤屋（　）《ママ》

因果歴然、歩きとうないが歩かなければならない、昨夜、飲み余したビールを持ち帰っていたので、まずそれを飲む、その勢で草鞋を穿く、昨日の自分を忘れるために、今日の糧を頂戴するために、そして妻局留置の郵便物を受取るために(酒のうまいように、友のたよりはなつかしい)。

妻まで五里の山路、大正十五年に一度踏んだ土である、あの時はもう二度とこの山も見ることはあるまいと思ったことであるが、命があって縁があってまた通るのである、途中、三名《サンミョウ》、岩崎、平郡《ヘグリ》という部落町を行乞して、やっと今日の入費だけ戴いた、明日は雨らしいが、明日は明日の事、まだまだ何とかなるだけの余裕はある。

此宿はボクチンでなくてリョカンであるが、賄も部屋も弟たり難く兄たり難しといったところ、ただ宿の事を訊ねたのが機縁となって、信心深い老夫妻のお世話になることになったのである、彼等の温情はよく解る。

今夜は酒場まで出かけて新酒を一杯やっただけ（一合十三銭は酒がよいよりも高すぎる）、

酒といえば焼酎しか飲めなかった地方、そのイモショウチュウの桎梏から逃れたと思ったら、こんどは新酒の誘惑だ、早くアルコール揚棄の境地に到達しなければ嘘だ。

行手けふも高い山が立つてゐる
白犬と黒犬と連れて仲のよいこと
山の水のうまさ虫はまだ鳴いてゐる
・父が掃けば母は焚いてゐる落葉
蔦を這はせてさりげなく生きてゐるか
駄菓子ちよつぴりながらつ《ママ》てゐる
あるだけの酒はよばれて別れたが
・豊年のよろこびの唄もなし
・米とするまでは手にある稲を扱ぐ
茄子を鰯に代へてみんなでうまがつてゐる

留置郵便は端書、手紙、雑誌、合せて十一あった、くりかえして読んで懐かしがった、寸鶏頭君の文章は悲しかった、悲しいよりも痛ましかった、『痰壺のその顔へ吐いてやれ』という句や、母堂の不用意な言葉などは凄かった、どうぞ彼が植えさせたチューリップの花を観て微笑することが出来るように。――

此宿はよい宿ではないけれど、木賃宿よりはさすがに、落ちついて静かである、殊に坊主枕はよかった、小さい位は我慢する、あの莫蓙枕の殺風景は堪えられない。
隣室は右も左も賑やかだ、気取った話、白粉臭い話、下らない話、——しかし私は閑寂を味うている、ひとり考えひとり書いている、友人へそれぞれのたよりを書いていると、その人に逢って話しかけるような気さえする、ひとり考え、ひとり頷くのも面白い、屁《ヒ》を放って可笑しくもない独り者という川柳があるが、その独り者は読書と思索とを知らなかったのだろうと思う、——とにもかくにも一室一燈一人はありがたいことである。
夜は予期した通りの雨となった、いかにも秋雨らしく降っている、しかし明日はきっと霽れるだろう。

ヨタ二句

・腰のいたさをたゝいてくれる手がほしい

お経あげてゐるわがふところは秋の風

(まことに芭蕉翁、良寛和尚に対しては申訳がないけれど)

十月廿日　晴、曇、雨、そして晴、妻町行乞、宿は同前。

果して霽れている、風が出て時々ばらばらとやって来たが、まあ、晴と記すべきお天気である、九時から二時まで行乞、行乞相は今日の私としては相当だった。
新酒、新漬、ほんとうにおいしい、生きることのよろこびを恵んでくれる。

歩かない日はさみしい、飲まない日はさみしい、作らない日はさみしい、ひとりでいることはさみしいけれど、ひとりで歩き、ひとりで飲み、ひとりで作っていることはさみしくない。

昨日書き落していたが、本庄の宿を立つ時、例の山芋掘りさんがお賽銭として弐銭出して、どうしても受取らなければ承知しないので、気の毒とは思ったけれど、ありがたく頂戴した、此弐銭はいろいろの意味で意味ふかいものだった。

新酒を飲み過ぎて——貨幣価値で十三銭——とうとう酔っぱらった、ここまで来るともうじっとしてはいられない、宮崎の俳友との第二回会合は明後日あたりの約束だけれど、飛び出して汽車に乗る、列車内でも挿話が二つあった、一つはとても元気な老人の健康を祝福した事、彼も私もいい機嫌だったのだ、その二は傲慢な、その癖小心な商人を叱ってやった事。

九時近くなって、闘牛児居を驚かす、いつものヨタ話を三時近くまで続けた、……その間には小さい観音像へ供養の読経までした、数日分の新聞も読んだ。

放談、漫談、愚談、等々は我々の安全弁だ。

十二月十一日 晴、行程七里、羽犬塚、或る宿（二〇・中ノ上）

朝早く、第十八番の札所へ拝登する、山裾の静かな御堂である、札所らしい気分になる、そこから急いで久留米へ出て、郵便局で、留置の雑誌やら手紙やらを受け取る、ここで泊るつもりだけれど、雑踏するのが嫌なので羽犬塚まで歩く、目についた宿にとびこんだが、きたなくてうるさいけれど、やすくてしんせつだった。

霜――うららか――雲雀の唄――櫨の並木――苗木畑――果実の美観――これだけ書いておいて、今日の印象の備忘としよう。

・大霜の土を掘りおこす

枯草ふみにじつて兵隊ごつこ

うら、かな今日の米だけはある

さうろうとしてけふもくれたか

街の雑音も通り抜けて来た

十二月十二日 晴、行程六里、原町、常盤屋（三〇・中）

思わず朝寝して出立したのはもう九時過ぎだった、途中少しばかり行乞する、そして第十七番の清水寺へ詣でる、九州西国の札所としては有数の場所だが、本堂は焼失して再興中である、再興されたら、随分見事だろう、ここから第十六番への山越は□にない難路だった、そこの尼さんは好感を与える人だった、ここからまた清水寺へ戻る別の道も難路だった、ようやく前の道へ出て、急いでここに泊った、共同風呂というのへはいった、酒一合飲んだらすっかり一文なしになった、明日からは嫌でも応でも行乞を続けなければならない。

行乞！ 行乞のむずかしさよりも行乞のみじめさである、行乞の矛盾にいつも苦しめられるのである、行乞の客観的意義は兎も角も、主観的価値に悩まずにいられないのである、根本的にいえば、私の生存そのものの問題である（酒はもう問題ではなくなった）。

・日向の羅漢様どれも首がない（清水寺）

・山道わからなくなつたところ石地蔵尊

　明日は明日のことにして寝ませうよ

遍路山道の石地蔵尊はありがたい、今日は石地蔵尊に導かれて、半里の難路を迷わないで巡拝することが出来た。

今夜の宿も困った、やっと蠟燭のあかりで、これだけ書いた、こんなことにも旅のあわれが考えられる。……

十二月十三日　曇、行程四里、大牟田市、白川屋（　）《ママ》

昨夜は子供が泣く、老爺がこづく、何や彼やうるさくて度々眼が覚めた、朝は早く起きたけれど、ゆっくりして九時出立、渡瀬行乞、三池町も少し行乞して、普光寺へ詣でる、堂塔は見すぼらしいけれど景勝たるを失わない、このあたりには宿屋——私が泊るような——がないので、大牟田へ急いだ、日が落ちると同時に此宿へ着いた、風呂はない、風呂屋へ行くほどの元気もない、やっと一杯ひっかけてすべてを忘れる。……

　痰が切れない爺さんと寝床ならべる

・孫に腰をたゝかせてゐるおぢいさんは

・眼の見えない人とゐて話がない

　水仙一りんのつめたい水をくみあげる

　水のんでこの憂鬱のやりどころなし

　あるけばあるけば木の葉ちるちる

先夜同宿した得体の解らない人とまた同宿した、彼は自分についてあまりに都合よく話す、そんなに自分が都合よく扱えるかな！

私はどうやらアルコールだけは揚棄することが出来たらしい、酒は飲むけれど、また、飲まないではいられまいけれど、アルコールの奴隷にはならないで、酒を味うことが出来るようになったらしい。

冬が来たことを感じた、うそ寒かった、心細かった、やっぱりセンチだね、白髪のセンチメンタリスト！　笑うにも笑えない、泣くにも泣けない、ルンペンは泣き笑いする外ない。

夜、寝られないので庵号などを考えた、まだ土地も金も何もきまらないのに、もう庵号だけはきまった、曰く、三八九庵（唐の超真和尚の三八九府に拠ったのである）。

十二月十四日　晴、行程二里、万田、苦味生居、末光居。

霜がまっしろにおりている、冷たいけれど晴れきっている、今日は久振に苦味生さんに逢える、元気よく山ノ上町へ急ぐ、坑内長屋の出入はなかなかやかましい（苦味生さんの言のように、一種の牢獄といえないことはない）、ようやくその長屋に草鞋を脱いだが、その本人は私を迎えるために出かけて留守だった、母堂の深切、祖母さんの言葉、どれもうれしかった、句稿を書き改めているうちに苦味生さん帰宅、さっそく一杯二杯三杯とよばれながら話しつづける、――苦味生さんには感服する、ああいう境遇でああいう職業で、そしてああいう純真さだ、彼と句とは一致している、私と句とが一致しているように。

入浴して散歩する、話しても話しても話し飽かないほど、二人は幸福であり平和であった、彼等に幸福と平和とがつづくことを祈る。

夜は苦味生さんの友人末光さんのところへ案内されて泊めていただいた、久しぶりに、ほんとうに久しぶりに田園のしずけさしたしさを味わった、農家の生活が最も好ましい生活ではあるまいか、自から耕して自から生きる、肉体の辛さが精神の安けさを妨げない、――そんな事を考えながら、飲んだり話したり作ったりした。

・霜の道べりへもう店をひろげはじめた
大霜、あつまつて火を焚きあげる
つめたい眼ざめの虱を焼き殺す
・師走ゆきこの捨猫が鳴いてゐる
よい事も教へられたよいお天気
・霧、煙、埃をつきぬける
・石地蔵尊へもパラソルさしかけてある
のぼりくだりの道の草枯れ
明るくて一間きり（苦味生居）
・柵をくゞつて枯野へ出た
子供になつて馬酔木《あしび》も摘みます
夕闇のうごめくは戻る馬だつた
八十八才の日向のからだである（苦味生さん祖母）

さびしいほどのしずかな一夜だった、緑平さんへ長い手紙を書く、清算か決算か、とにかく私の一生も終末に近づきつゝあるようだ、とりとめもない悩ましさで寝つかれなかった、暮鳥詩集を読んだりした、彼も薄倖な、そして真実な詩人だったが。

我儘ということについて考える、私はあまり我がままに育った、そしてあまり我がままに生きて来た、しかし幸にして私は破産した、そして禅門に入った、おかげで私はより我がままになることから免がれた、少しずつ我がままがとれた、現在の私は一枚の蒲団をしみじみ温かく感じ、一片の沢庵切をもおいしくいただくのである。

十二月十五日　晴、行程二里、そして汽車、熊本市、彷徨。

きょうも大霜で上天気である、純な苦味生さんと連れ立って荒尾海岸を散歩する（末光さんも純な青年だった、きっと純な句の出来る人だ）、捨草を焚いて酒瓶をあたためる、貝殻を拾ってきて別盃をくみかわす、何ともいえない情緒だった。

苦味生さんの好意にあまえて汽車で熊本入、百余日さまよいあるいて、また熊本の土地をふんだわけであるが、さびしいよろこびだ、寥平さんを訪ねる、不在、馬酔木さんを訪ねて夕飯の御馳走になり、同道して元寛さんを訪ねる、十一時過ぎまで話して別れる、さてどこに泊ろうか、もうおそくて私の泊るような宿はない、宿はあっても泊るだけの金がない、ままよ、一杯ひっかけて駅の待合室のベンチに寝ころんだ、ずいぶんなさけなかったけれど。……

・あてもなくさまよう笠に霜ふるらしい
寝るところが見つからないふるさとの空
・火が燃えてゐる生き物があつまつてくる

□

起きるより火を焚いて
悪水にそうて下る（万田）
磯に足跡つけてきて別れる
耕す母の子は土をいぢつて遊ぶ
明日の網をつくらうてゐる寒い風
別れきてからたちの垣
身すぎ世すぎの大地で踊る
・夕べの食へない顔があつまつてくる
・霜夜の寝床が見つからない

十二月十六日 晴、行程三里、熊本市、本妙寺屋（四〇・下）

堅いベンチの上で、うつらうつらしているうちにようやく朝が来た、飯屋で霜消し一杯、その元気で高橋へ寝床を探しにゆく、田村さんに頼んでおいて、ひきかえして寥平さんを訪ねる、今日も逢えない、茂森さんを訪ね、夫婦のあたたかい御馳走をいただく、あまりおそくなっては、今夜も夜明しするようでは困るので、いそいで本妙寺下の安宿を教えられて泊る、悪い宿だけれど仕方がない、更けるまで寝つかれないので読んだ（書くほどの元気はなかった）。

こんど熊本に戻ってきて、ルンペンの悲哀をつくづく感じた、今日一日は一句も出来なかった。

十二月十七日 霜、晴、行程六里、堕地獄、酔菩薩。

朝、上山して和尚さんに挨拶する（昨夜、挨拶にあがったけれど、お留守だった）、和尚さんはまったく老師だ、慈師だ、恩師だ。

茅野村へ行って土地を見てまわる、和尚さんが教えて下さった庵にはもう人がはいっていた、そこからまた高橋へゆく、適当な家はなかった、またひきかえして寥平さんを訪ねる、後刻を約して、さらに稀也さんを訪ねる、妙な風体を奥さんや坊ちゃんやお嬢さんに笑われながら、御馳走になる、いい気持になって（お布施一封までいただいて）、寥平さんを訪ねる、二人が逢えば、いつもの形式で、ブルジョア気分になりきって、酒、酒、女、女、悪魔が踊り菩薩が歌う、……寝た時は仏だったが、起きた時は鬼だった、じっとしてはいられないので池上附近を歩いて見る、気に入った場所だった、空想の草庵を結んだ。……
今日も一句も出来なかった、こういうあわただしい日に一句でも生れたら嘘だ、ちっとも早くおちつかなければならない。
自分の部屋が欲しい、自分の寝床だけは持たずにはいられない、――これは私の本音だ。

十二月十八日 雨、后、晴、行程不明、本妙寺屋（悪いね）

終日歩いた、ただ歩いた、雨の中を泥土の中を歩きつづけた、歩かずにはいられないのだ、じっとしていては死ぬる外ないのだ。
朝、逓信局を訪ねる、夜は元寛居を訪ねる、煙草からお茶、お酒、御飯までいただく、私もいよいよ乞食坊主になりきれるらしい、喜んでいいか、悲しの《ママ》か、どうでもよろしい、なるようになれ、なりきれ、なりきれ、なりきってしまえ。

十二月廿一日 晴后曇、行程五里、熊本市。

昨夜、馬酔木居で教えられた貸家を見分すべく、十時、約束通り加藤社で雑誌を読みながら待っていたら、例のスタイルで元寛さんがやってきた（馬酔木さんはおくれて逢えなかったので残念）、連れ立って出町はずれの若い産婆さん立石嬢を訪ね、案内されて住む人もなく荒れるにまかした農家作りの貸家へ行く、とても住めそうにない、広すぎる、暗すぎる——その隣家の一室に間借して独占している五高生に同宿を申込んで家主に交渉して貰う、とても今日の事にはな《ママ》い、数日後を約して、私は川尻へ急行する、途中一杯二杯三杯、宿で御飯を食べて寝床まで敷いたが、とても睡れそうにもないし、引越の時の事もあるので、電車でまた熊本へ舞い戻る、そして彼女を驚かした、彼女もさすがに——私は私の思惑によって、今日まで逢わなかったが——なつかしそうに、同時に用心ぶかく、いろいろの事を話した、私も労れと酔いとのために、とうとうそこへ寝込んでしまった、ただ寝込んでしまっただけだけれど、見っともないことだった、少くとも私としては恥ざらしだった。

枯草ふんで女近づいてくる

枯草あたゝかう幸福な二人で（元寛君へ）

・住みなれて枯野枯山

・道はでこぼこの明暗

・ふりかへるふるさとの山の濃き薄き

十二月廿二日　曇、晴、曇、小雪、行程五里、本妙寺屋。

一歩々々がルンペンの悲哀だった、一念々々が生存の憂鬱だった、熊本から川尻へ、川尻からまた熊本へ、逓信局から街はずれへ、街はずれから街中へ、そして元寛居であたたかいものをよばれながらあたたかい話をする、私のパンフレット三八九、私の庵の三八九舎もだんだん具体化してきた、元坊の深切、和尚さんの深切に感謝する、義庵老師が最初の申込者だった！

寒くなった、冬らしいお天気となった、風、雪、そして貧！

十二月廿三日　曇、晴、熊本をさまようてSの家で、仮寝の枕！

きょうも歩きまわった、寝床、寝床、よき睡眠の前によき寝床がなければならない、歩いても歩いても探しても探しても寝床が見つからない、夕方、茂森さんを訪ねたら出張で不在、詮方なしに、苦しまぎれに、すまないと思いながらSの家で泊る。

十二月廿四日　雨、彷徨何里、今夜もSの厄介、不幸な幸福か。

また清水村へ出かけてA家を訪問する、森の家を借るために、――なかなか埒があかない、ブルジョアぶりも気にくわない、パンフレットをだすのに不便でもある、――すっかり嫌になって方々を探しまわる、九品寺に一室あったけれど、とてもおちつけそうにない、それからまた方々を探しまわって、もう諦めて歩いていると、春竹の植木畠の横丁で、貸二階の貼札を見つけた、間も悪くないし、貸主も悪くないので、さっそく移ってくることにきめた、といって一文もない、緑平さんの厚情にあまえる外ない。

十二月廿五日 晴、引越か家移か、とにかくここへ、春竹へ。

緑平さんの、元寛さんの好意によって、Sのところからここへ移って来ることが出来た。

……

大地あたゝかに草枯れてゐる

・日を浴びつゝこれからの仕事考へる

追加一句

歩きつかれて枯草のうへでたより書く

だんだん私も私らしくなった、私も私の生活らしく生活するようになった、人間のしたしさよさを感じないではいられない、私はなぜこんなによい友達を持っているのだろうか。

十二月廿六日 晴、しずかな時間が流れる、独居自炊、いいね。

寒い、寒い、忙しい、忙しい——我不関焉!

枯草原のそこゝの男と女

葬式はじまるまでの勝負を争ふ

枯草の夕日となつてみんな帰つた

明日を約して枯草の中

これらの句は二三日来の偽らない実景だ、実景に価値なし、実情に価値あり、プロでもブルでも。

やつと見つけた寝床の夢も

・餅搗く声ばかり聞かされてゐる

・いつも尿する草の枯れてゐる

・重たいドアあけて誰もゐない

十二月廿七日 晴、もったいないほどの安息所だ、この部屋は。

ハガキ四十枚、封書六つ、それを書くだけで、昨日と今日とが過ぎてしまった、それでよいのか、許していただきましょう。

……ようやく、おかげで、自分自身の寝床をこしらえることができました、行乞はウソ、ルンペンはだめ、……などとも書いた。

前後植木畠、葉ぼたんがうつくしい、この部屋には私の外に誰だかいるような気がする、いてもらいたいのではありませんかよ。

数日来、あんまり歩いたので（草鞋を穿いて歩くのには屈托しないが、下駄、殊に足駄穿きには降参降参）、足が腫れて、足袋のコハゼがはまらないようになった、しかし、それもじきよくなるだろう。

・師走のポストぶつ倒れゐた
自分の家を行きすぎてゐたのか
タドンあたゝかく待つてゐてくれた
夜ふけてさみしい夫婦喧嘩だ

附記、昨日Iさんを訪ねたが会えなかった(先日も訪ねたが、そうだった)、多分居留守をつかっているらしい、Iさんは私と彼女との間を調停してくれた人、私がこんなになったから腹を立てて愛想をつかして、面会謝絶と出たのかも知れない、子供は正直だから取次に出た子供の様子で、そんなように感じた、——とにもかくにも、それでは、Iさんはあまりに一本気だ、人間を知らない、——私はIさんのために、居留守が私の僻みであることを祈る、Iさんだって俗物だ、俗物中の最も悪い俗物だ、プチブル意識の外には何物も持っていない存在物だから。

解説

山頭火の生と文学的方法

村上　護

近代日本において文筆のプロを目指した場合は、なぜかほとんど小説家志望だ。文芸にも種々あるが、ずば抜けて重視されてきたのが小説の世界だった。

文豪と称されるのは先ず小説家だけ。功成り名遂ぐ手段と意識してか、若者たちの憧れの対象となっていた時代は長かったと思う。実際に小説家を目指しながら挫折した人も多かった。そのうち転向して他のジャンルで活躍するのが、近代俳句の祖となる正岡子規。俳人の高浜虚子も途中で小説家を目指しながら、やっぱり挫折者だ。飯田蛇笏も初期の文芸活動は小説から出発している。そして、種田山頭火（本名は正一だが、以下は山頭火で通す）も小説家志望であった。

山頭火は放浪の俳人として一躍有名になっている。妻も子も捨て家も捨て、無一物の乞食となって日本の各地をさすらったというのが大方のイメージだろう。それを否定はしないが、ただそれだけのことではない。誤解された面も多く、少々でも真相に触れられればと願っている。

覚えやすいのでよく紹介するのだが、山頭火は明治十五年に生まれ、昭和十五年に亡くなっている。そして大正十五年からは無一物の放浪俳人となった。十五という数がキーワードだ。明治・大正・昭和における十五の数を念頭におけば、時代の中で見えてくるものもある。

彼が生まれた山口県というところは、古代から周防、長門の二国から成り立ち、中世は大内氏、近世は毛利氏に統治されてきた地域。問題は一六〇〇年の関ヶ原の戦いに敗れた毛利氏が、それまでの中国八ヵ国から防長二ヵ国に減封されたところまで遡る。そのときの徳川幕府に対する怨念が、三百年後の明治維新への原動力となっていく。その後、新政府での重要ポストの多くを山口県人が占めたことは、歴史に示されたとおりだ。

山口県人の立身出世欲、中央志向は他県のそれより旺盛だとよくいわれる。望めばかなえられる地盤も備っていたからだろう。山頭火もそのうちの一人で、大志を抱いた青年だった。

明治二十年代に入ると明治の新国家もようやく整備され、一人ひとりの個性が発揮できる時代になっている。新しい文学理念を掲げ、多くの文学者たちが登場してくるわけだ。

そのころ山頭火は生まれた防府で幼少年期を過ごし、上京するのは明治三十四年（一九〇一)、十九歳のときである。ちょうど二十世紀の幕開けの時期で、新時代への期待はあったかもしれないが、むしろ混乱の方が大きかったのではないか。少々遅れて来た谷間の世代に当っていたというべきだろう。

山頭火は東京専門学校高等予科を経て、早稲田大学の第一回入学生である。文学科では坪内逍遥に学び、また創立者の大隈重信を直接に訪問したこともある積極的な若者だった。大学を中途退学して故郷に帰るが、文学の夢は捨てていない。仲間とはかって活版刷の文芸誌「青年」を発行。毎号百頁ほどの立派なものだ。そこにモウパッサン作『猟日記』の抄訳を載せたり、ツルゲーネフ作『烟』の一節などを翻訳し発表している。

私は当時の文芸仲間であった山本紫花さんをたまたま尋ね当てることが出来て、明治末年の山頭火の文芸活動の実態を知ることが出来た。その内容はほんの一部にすぎなくて、散佚したものも多かったはず。明治四十四年ごろの、この翻訳がどれほど史的に意味があるかはなお定めがたい。それはさて、地方では一頭地を抜く文学青年であったことは間違いない。

地方にあって文芸活動をするには、どうしても指向範囲は狭くなる。大正の初期までは東京より多くの文芸雑誌を取り寄せ、新しい文芸動向に関心を寄せていた。けれど限界があり、仲間が出来やすかったのは俳句である。今も昔もその傾向は変わらない。けれど山頭火自身はそこにどっぷり溶け込むということはなかったようだ。

俳句で新しい運動を興こしたのは河東碧梧桐である。子規の俳句革新運動の延長線上に新傾向俳句運動を展開し、明治三十九年から四十四年まで『三千里』の旅となる全国遍歴を敢行。その影響は津々浦々に及び、山頭火も大いに鼓舞された一人であった。

碧梧桐が『三千里』の旅で山口県を通過したのは明治四十三年であった。句友たちは碧梧桐を下関の宿に訪ねているが、山頭火は所用あって会わずじまいになっている。けれど関心は深く、新傾向の俳句を試みるようになっていた。明治四十四年四月に荻原井泉水が創刊する「層雲」に投句しはじめるのは大正二年ころからである。はじめは新傾向俳句から出発し、やがて自由律俳句へと転換してゆく俳句雑誌だ。

山頭火が「層雲」に参加する以前は、地元の句友たちと回覧雑誌を出している。毎号ごとに季語を題名とし、通巻二十二号まで発行。その中で書いた「雑信」の稿を本書には収録した。

回覧雑誌のほかに、山頭火個人が発行した「郷土」という雑誌があるはずである。回覧雑誌「梅雨」(大正二年六月)には山頭火みずからが予告の記事を掲載。「予て計画中の文芸誌『郷土』を来月中旬、初号を発刊することにしました。(中略)何といはれても私には新しいものが一番うれしい。古いものは一切嫌である。流動は私の生命です」と書き、「新傾向句論」を連載することも約束している。

実は現在、個人雑誌「郷土」の所在は不明。当時の句友だった柳星甫氏が、その思い出を書いた随筆だけが唯一の手掛りである。それによると体裁はタブロイド判二ツ折で四頁物の印刷。第一頁上三分の一には、波、白帆、夏雲を描いた木版の中に、白ヌキで「郷土」の誌名が掲げられていた。そして「新しき郷土へ」と題する創刊の辞が書かれている。その末尾の一文は、次のように記されていたという。

「新しき発見であり、独創であり、生みの力である。然り我等が郷土はVirginsoilであらねばならぬ……我等は解放されなければならぬ、我等は或る何物かを摑まなければならぬ。……ロマンチシズムは自我をして自由に飛躍せしめた。自然主義は厳かに現実の舗石を組み立てた。今や第一歩を踏み出さうとする我等は、急がず躓かずに、歩一歩Steadilfstekを続けてゆきたいと思ふ。」

これだけでは詳しい意図は分らないが、意欲に満ちたものだ。月刊で一部三銭、半ヵ年十六銭、一ヵ年三十銭、郵税不要、郵便小為替若くは五厘切手代用にて前金申受く、と広告し会計の方も堅実ぶりを発揮している。

山頭火が刊行した個人雑誌「郷土」が何号まで続いたかも不明である。現存すれば貴重なものだが、雑誌創刊から三年も経たぬうち皮肉にも生まれ育った郷土から追われるのだ。営んでいた酒倉の酒が腐って倒産、夜逃げ同然で妻子を連れて熊本へと落ちてゆく。大正五年四月のことである。

山頭火の生涯を考えるとき、中仕切りとして出家得度が挙げられると思う。すなわち出家以前と出家以後だ。いよいよ切羽詰まって大正十四年には出家してしまうが、そこに至るまでの過渡期にも単身で上京して、文筆による立身を期したこともあった。その間の動静も不明な部分が多い。一時期は東京市事務員となり一ツ橋図書館に勤めているのは、文筆で立つための環境整備ではなかったか。

山頭火は放蕩で、ついには妻子も捨ててしまったとよくいわれる。たしかにそういう一面はあった。けれど熊本市内で営んだ額縁店は、妻の切り盛りでそこそこ繁昌していた。妻と子が生活していくには十分な収入があったという。経済的には後顧の憂えなく、山頭火は最後の賭けとして文学立身のために上京したのだ。その結果は惨憺たるもので、いわばこの世に居場所すらないと一時は落ちこんでいる。その果ての出家であった、と見るべきだろう。

世捨てというのは、必ずしも全てを捨ててしまうことにはならない。先蹤としては西行がおり芭蕉がいる。その他、歴史をたどれば捨身懸命の道を選んだ文人たちは多かった。たとえば西行の「惜しむとて惜しまれぬべきこの世かは身を捨ててこそ身をも助けめ」の歌は、また山頭火の心のうたであったろう。そして芭蕉のことば「腰にたゞ百銭をたくはへて、拄杖一鉢に命を結ぶ。なし得たり、風情終《つい》に菰《こも》をかぶらんとは」は山頭火の意向に添うものであった。本書に収録の「行乞記」の冒頭に掲げた「このみちや／いくたりゆき

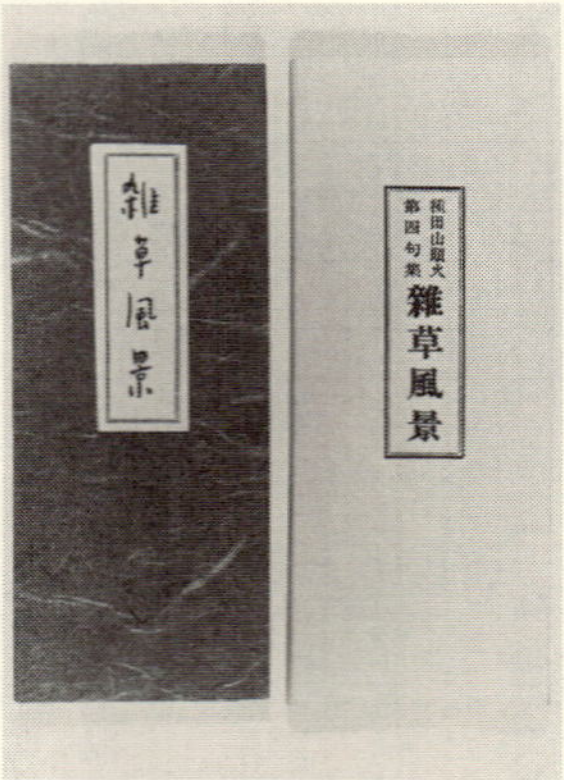

第四句集『雑草風景』折本、
右袋・左表紙（昭11・2 枚社）

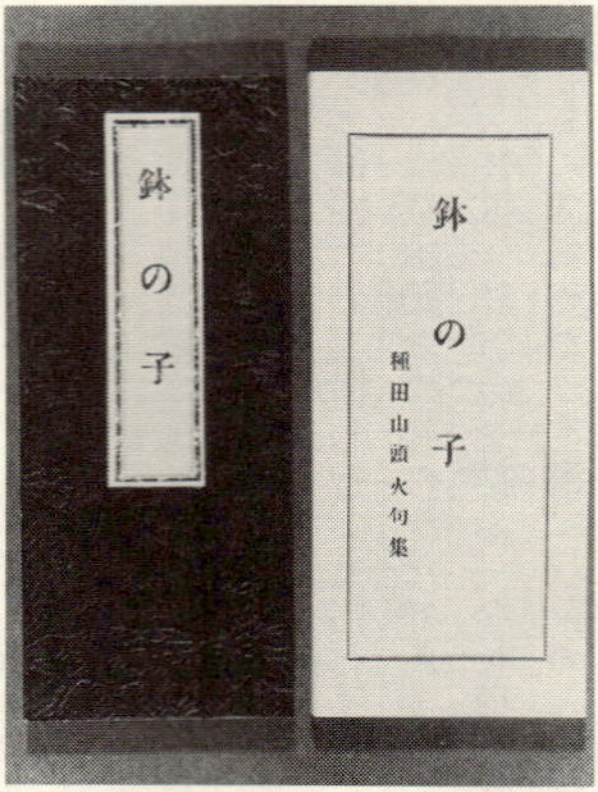

第一句集『鉢の子』折本、右袋・左表紙
（昭7・6 三宅酒壺洞）

山頭火遺稿『あの山越えて』表紙
（昭27・10 和田書店）

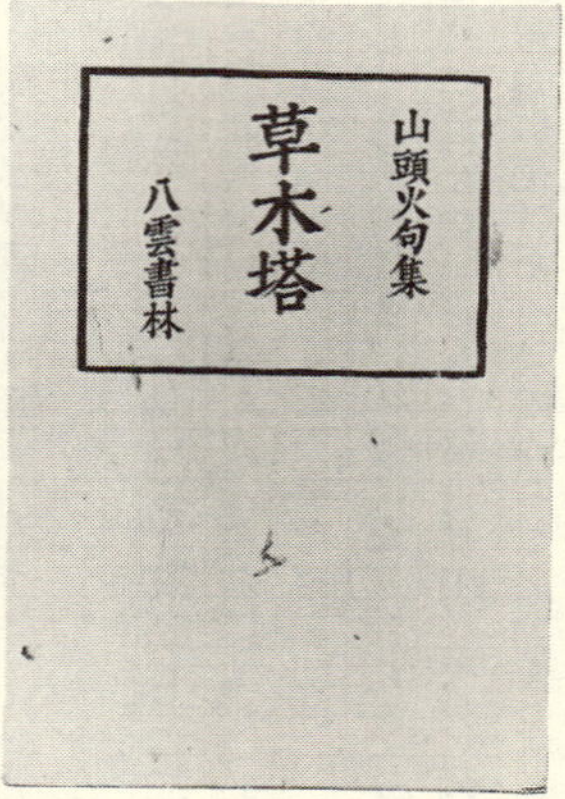

山頭火句集『草木塔』函
（昭15・4 八雲書林）

昭和4年10月、阿蘇にて。著者

し／われはけふゆく」は心底から我意を得たことばであったと思う。山頭火はよく昭和の芭蕉だ、などと称せられる時期もあった。たしかに漂泊の生き方には共通するものはある。けれど山頭火は近代におけるニヒリズムの影響を受け、多分に自我は分裂気味。その一つは人口に膾炙する、次の一句にも見られるわけだ。

自嘲

うしろすがたのしぐれてゆくか　山頭火

後ろ姿は自分自身に見えないが、見る自分と見られる自分に分化した視点から、みずからを嘲るというのはニヒリズムだ。そうした自意識を明確にもって、俳句を作っていることは明らかである。

あるときは、その視座から小説を書こうと目論んでいた。彼の行乞記や日記を読んでいくと、関心のある題目だけを記し、後日のために空白の用紙を設けている。

彼が本気で自叙伝を書こうとしていたのは確かなことだ。昭和十二年十一月二十七日の日記には「ああ亡き母の追懐！　私が自叙伝を書くならばその冒頭の語句として――私一家の不幸は母の自殺から初まる、……と書かなければならない」と記す。中原中也の弟で小説もよくした医者の中原呉郎氏は山頭火と親しかった。中原さんからの伝聞だが、山頭火が小説を書きたい、とよく漏らしていたという。昭和十三年、山口市湯田温泉に仮寓していたころだ。おそらく自叙伝も私小説風なものを考えていたようだが、詳しいことは分らない。

ちょっと余談だが、私の手元に未定稿のコピー束がある。山頭火の筆になるものかどうか未だ真偽を決めかねているが、本物ならいろいろ解ける謎がある。この草稿は三分冊のうちの三冊目で、他に二冊があったという。昭和十四年十月一日、広島から松山へ渡る船上から海へ投げ捨てるつもりだったらしい。なぜかその一冊が闇の彼方から出てきたような思いで、あるいは捨てきれなかった山頭火の怨念のようなものかもしれない。内容は自叙伝ふうのものであり、主に母への甘美な思慕を書き綴ったものだ。

山頭火が、自叙伝あるいは私小説に書こうとこだわった肝心なテーマはなんだったのだろう。先ず思いつくのは幼年期に母の自殺に遭遇したということ。それが果して、彼を文筆へと誘う主たる動機だったかどうか。幾度かの挫折があって、哀しいかな最後につかんだテーマが亡き母のことであったようにも思う。

出家以前は文学立身を夢みて、中央志向への意欲を燃やしている。それを無惨に打ち砕いたのは関東大震災であった。単に天災というだけでなく、これに乗じた人災にまきこまれ、手酷く痛めつけられている。下宿を焼け出され命からがら避難中に、アナーキストと間違えられて憲兵に拉致され、巣鴨刑務所に拘留されたのだ。やがて嫌疑は晴れて釈放されるが、精神的に受けたショックからは立ち直れない。その果てに辿りついたのが世捨ての方法であった。

本書『山頭火随筆集』は三部に分けて構成してある。その第一部が俳句で一万数千句の中から二百四句を選んだものだ。その前半は出家前、後半は出家以後。出家以後の冒頭句は、長い前書をつけた次の一句だ。

松はみな枝垂れて南無観世音　　山頭火

出家後は観音堂の堂守となり「山林独住の、しづかといへばしづかな、さびしいと思へばさびしい生活であつた」というのは前書の示すとおりだ。おのずと向き合うのは仏の世界で、その内省のなかに大きく蟠ってきたのが母の死のことであった。

実は出家以前の山頭火において、意識の上で母の自殺はさほどの重荷になっていない。出家以後は様相は一変し、母の死が自身の生きてゆく重要なテーマになっているのだ。そして、これをいかに表現するかに、いつしかウエートは置かれていったように思う。

山頭火の俳句は、近代俳句の主流をなす客観的写生の方法を無視するものだ。一言でいえば境涯俳句と呼ばれるが、私小説をつづめつづめて最後に残った一滴のような一行詩である。また前書をつけた俳句も少なくない。これには山頭火なりの主張があって、「行乞記」には次のように説く。

「すぐれた俳句は――そのなかの僅かばかりをのぞいて――その作者の境涯を知らないでは十分に味わえないと思う、前書なしの句というものはないともいえる、その前書とはその作者の生活である、生活という前書のない俳句はありえない、その生活の一部を文字と

して書き添えたのが、所謂前書である。」（昭和五年十二月七日）

いわゆる伝統派の俳人たちは極力、主観の表出を避け、主観の陳腐に陥ることを戒めてきた。山頭火はその逆で、主観まるだしの境涯をはばかることなく詠んだ。本書に選出の二百四句を読めば、山頭火のまさに主観的な生き方が分かるわけだ。それは自叙伝風なまとまりともなって、乱暴にいえば随筆を読むような楽しみ方を与えてくれる。そのうちでも特に山頭火らしい境涯句を、二百四句中からさらに絞って八句だけ選んで掲出しておこう。

　大正十五年四月、解くすべもない惑ひを背負うて、行乞流転の旅に出た。

分け入つても分け入つても青い山

年とれば故郷こひしいつくつくぼうし

　自嘲

うしろすがたのしぐれてゆくか

雨ふるふるさとははだしであるく

　母の四十七回忌

うどん供へて、母よ、わたくしもいただきまする

うまれた家はあとかたもないほうたる

母の第四十九回忌

たんぽぽちるやしきりにおもふ母の死のこと
もりもりもりあがる雲へ歩む

第二部は山頭火が書き遺した「行乞記」、日記以外の散文のほとんどを掲載した。分量的には案外少ないが、新しい国語表現には深い関心を寄せている。大正四年七月七日には師の井泉水あてに国字、国語について手紙を出している。当時、井泉水が編集発行していた雑誌「現代通報」文芸版を読んでの所懐で、一部を引用してみよう。

「国字問題に就いての諸家の意見を面白く読んでおります、ローマ字で書いて、それが直ぐ頭へ響くような句がどし〳〵生れなければなりません。

私のようなものでも国字問題、国語問題に就いては大変悩まされております、私一個の、当面の問題としては――殊に句作の場合に――国語の貧弱を痛切に感じます。国字の不便は申すまでもありません。漢語（主として成語）をなるたけ使わないようにする事がペンに親しみのある人の責任であると思います、そして日本固有の言葉を豊富にしなければなりません、或る感覚によって惹き起された気分を現わす言葉などは非常に少ないように思われます。」

山頭火は漢語でなく、美しい和語をつかって、いかにしなやかな文章を書くかに腐心している。それは出家以前から以後も一貫した姿勢であった。たとえば昭和十三年九月二十一日の日記には、「新しい俳文――散文詩を作ろう、作らなければならないと思う」などとも記している。特に出家後の随筆を読むと、それは散文詩にも近い質のものであり、いわゆる小説家の文体とは異なるものだ。

たとえば一篇の小説を完成させるには、やっぱりまとまった時間と、ゆとりある空間が必要なのではあるまいか。一所不住の放浪者には最低の条件さえ整わない。せいぜいノート一冊を頭陀袋に入れて、行乞流転しつづけていたわけだ。その最初の収穫が本書に収録の「行乞記」である。

ここでは一部しか掲載できなかったが、稀有な日記文学として貴重なものであり価値は高い。なんといっても、すべてに真似のできないものである。乞食に身をやつし、底辺の生活から当時の社会を映し出した記録としても大切であろう。その内容は表現者の観察力と筆力にかかっており、古今において山頭火をしのぐ内容の日記を遺した人がいただろうか。

行乞とは乞食を行ずることだ。その日の糧はその日の托鉢でまかなわなければならない。それも修行のうちである。泊るのはたいてい木賃宿で、数人の相部屋が日常だった。そんな落ち着かない部屋の片隅で、その日の記録をつづるのだ。継続することは並大抵の苦労でない。その気構えは「行乞記」の最初の部分で、次のように記している。

「私はまた旅に出た。――

所詮、乞食坊主以外の何物でもない私だった、愚かな旅人として一生流転せずにはいられない私だった、浮草のように、あの岸からこの岸へ、みじめなやすらかさを享楽している私をあわれみ且つよろこぶ。

水は流れる、雲は動いて止まない、風が吹けば木の葉が散る、魚ゆいて魚の如く、鳥とんで鳥に似たり、それでは、二本の足よ、歩けるだけ歩け、行けるところまで行け。

旅のあけくれ、かれに触れこれに触れて、うつりゆく心の影をありのままに写そう。

私の生涯の記録としてこの行乞記を作る。」（昭和五年九月十四日）

まさに明確な執筆意識をもって「行乞記」に取り組んでいることが分る。その生涯の記録は死が訪れる二日前まで書き継がれた。その晩年の部分を読んでいくと、彼の関心事は俳句と死の二つのことに絞られてゆく。第二部の最後となる随筆「述懐」のなかにも書いており、その一部を引用しておこう。

「私の念願は二つ。ただ二つある。ほんとうの自分の句を作りあげることがその一つ。そして他の一つはころり往生である。病んでも長く苦しまないで、あれこれと厄介をかけないで、めでたい死を遂げたいのである。」

はたしてこの二つの念願は遂げられたのだろうか。山頭火は昭和十五年十月十一日未明、ひとり静かに死んでいった。日本は中国大陸で戦線を拡大し、第二次世界大戦へと突入する前年である。ひとりの放浪者に構っている余裕はなかったはずだけど、身近に親切な支援者がいなくもなかった。少々半端な時代に巡り合ったといえるかもしれないが、自分自身で見事に完結をつけた生涯であったように思う。最晩年の生涯における述懐の一句は、

おちついて死ねさうな草萌ゆる　山頭火

年譜——種田山頭火

一八八二年（明治一五年）

一二月三日、山口県佐波郡西佐波令村第一三六番屋敷（現・防府市八王子二丁目一三）に生まれる。父竹治郎（当時二六歳）、母フサ（二二歳）の長男である。正一と命名される。一歳年長に姉がいた。父竹治郎は祖父治郎衛門が早死にしたため一五歳で家督相続、大地主となる。母フサは明治一三年、同郡高井村の清水家より種田家に嫁す。家族は他に祖母ツル（当時四九歳）が同居。

一八八五年（明治一八年）　三歳

一月八日、妹シズ生まれる。（尾崎放哉が生まれ、前年には荻原井泉水が生まれている）

一八八七年（明治二〇年）　五歳

一月一〇日、弟二郎生まれる。（新体詩による詩の言文一致運動起こる）

一八八九年（明治二二年）　七歳

四月、佐波村立松崎尋常高等小学校尋常科に入学。同月、市町村制施行で東佐波令村、宮市町、西佐波令村が合併し佐波村となる。父竹治郎は助役に就任。一二月一四日、弟信一が生まれるが、五歳のとき死亡。

一八九二年（明治二五年）　一〇歳

三月六日、母フサ自宅の井戸に投身自殺。享年三三。山頭火は井戸から引き上げられた母の水死体を見て衝撃を受ける。父竹治郎は政治運動に狂奔し家政乱脈。以後は祖母ツルの手によって育てられる。母の遺骨を納めるため京都西本願寺参拝。

一八九三年（明治二六年）一一歳
三月一七日、弟二郎佐波郡華城村有富九郎治の養嗣子となる。四月、高等科に進級。（子規、発句の独立をめざす。北村透谷ら「文学界」を創刊、浪曼主義を主張。翌年、日清戦争はじまる）

一八九六年（明治二九年）一四歳
三月、松崎尋常高等小学校高等科第三学年の課程を修了。四月、佐波郡東佐波令字南野崎（現・防府市新天地）の私立周陽学舎（三年制中学、現・防府高校）に入学。短歌を作り「少年界」などに投稿。坂田順作、猪股祐一らの学友たちと回覧雑誌を発行する。

一八九七年（明治三〇年）一五歳
一〇月二九日、姉は佐波郡右田村（現・防府市）の町田米四郎に嫁す。（子規『俳人蕪村』刊。「ホトトギス」創刊）

一八九九年（明治三二年）一七歳
七月、郡立周陽学校（と改称）卒業。席次一番。九月、山口尋常中学校四年級に編入学。

一九〇一年（明治三四年）一九歳
三月二五日、異母妹マサコ出生、ために磯部コウを種田家に入籍。同月、山口尋常中学校（現・山口高校）卒業。この年全通した山陽本線で上京し、七月に私立東京専門学校高等予科（早稲田大学の前身）に入学。

一九〇二年（明治三五年）二〇歳
四月、高等予科の春季運動会で戴嚢競走に出場し三位に入賞。この頃、学友と大隈重信を訪問し一緒に記念写真を撮る。五月、姉死亡のため妹シズ町田米四郎の後妻として嫁す。七月、東京専門学校高等予科卒業（卒業生二五二名）、同期生に小川未明がいた。九月、早稲田大学大学部文学科に第一回生として入学。（日英同盟協約）

一九〇四年（明治三七年）二三歳
二月、早稲田大学を神経衰弱にて退学。七月、病気療養のため帰郷。この年二月と八月に種田家の屋敷の一部を売却。（自然主義文学起こる）
一九〇六年（明治三九年）二四歳
一二月七日、父竹治郎が吉敷郡大道村（現・防府市）の酒造場を買収、一家で移り住む。
一九〇七年（明治四〇年）二五歳
一月一八日、異母妹貞子（私生児）生まれる。この頃から種田酒造場を開業。（文壇の自然主義確立される。自由詩口語詩の運動起こる）
一九〇九年（明治四二年）二七歳
八月二〇日、佐波郡和田村（現・新南陽市）佐藤光之輔の長女サキノ（明治二三年五月七日生）と結婚。前年、防府の家屋敷すべてを売却、酒造業に専念か。
一九一〇年（明治四三年）二八歳
八月三日、長男健生まれる。この頃から無軌道な酒を飲む。（大逆事件で幸徳秋水ら検挙される。「白樺」創刊）
一九一一年（明治四四年）二九歳
三月七日、異母妹セツ子生まれる。五月、郷土文芸誌「青年」に参加、山頭火の雅号でツルゲーネフの翻訳その他を発表。弥生吟社（七月には椋鳥句会と改称）の句会に出席、田螺公の俳号で定型俳句を作り、句友たちとの交遊しきり。七月、弥生吟社のち椋鳥句会の同人による回覧雑誌を発行し、その中心として活躍。回覧雑誌は毎号「季語」を表題として発行し、大正二年九月（通巻二二号）まで続いている。（四月「層雲」創刊、七月井泉水選の雑吟欄「雲層々」はじまる）
一九一二年（明治四五年・大正元年）三〇歳
椋鳥句会の新年句会を無断欠席。一月二八日、一切の文芸から当分遠ざかると宣言。
一九一三年（大正二年）三一歳

一月、正月より酒や女に耽溺し四月になっても金策で悩む。井泉水に師事して「層雲」三月号に田螺公の旧号で「窓に迫る巨船あり河豚鍋の宿」の句が初入選。三月、短歌回覧同人誌「四十女の恋」（白楊社）に参加。第一号に短歌六首と新体詩「春の泣笑」と雑誌発刊の感想文を載せている。三月、俳号にも山頭火を使いはじめる。七月、朝鮮に旅行、また熊毛郡佐合島に久保白船を訪う。八月、個人雑誌「郷土」を創刊主宰。

一九一四年（大正三年）　三二歳

一〇月二七日、井泉水は熊毛郡田布施町の一夜句会に出席、山頭火と初対面。翌日、井泉水を案内し防府で椋鳥句会の歓迎句会を開催。（第一次世界大戦起こる。井泉水が季題廃止を宣言）

一九一五年（大正四年）　三三歳

四月、「層雲」有力同人六名と共に「光の会」を結成。五月、広島での「層雲」中国連合句会に出席し川西和露や酒井仙酔楼らに会い、宮島に遊ぶ。一〇月、脚気に悩みながらも酒造場経営に努力する。酒倉の酒が腐敗し経営的危機に陥る。国字国語問題に興味、口語自由詩など試作。（碧梧桐「海紅」創刊。新傾向俳句は海紅派と層雲派に勢力を二分）

一九一六年（大正五年）　三四歳

三月、「層雲」の俳句選者の一人となる。四月、種田家破産、父竹治郎は行方不明。山頭火は文芸誌「白川及新市街」同人の兼崎地橙孫らを頼り、妻子を連れて熊本に至る。五月、熊本市下通町一丁目百十七番地に古書店（後に額縁店）を開業、屋号は「雅楽多」。一二月、弟二郎、養嗣子先から離縁される。

一九一七年（大正六年）　三五歳

一月、「層雲」支部の「白光会」（熊本市）の新年句会に出席し、以後毎月の句会に出席。三月、白船は熊本に山頭火を訪問、同道して防府に至り一〇日の椋鳥句会復活句会に出席。七月、芹田鳳車は熊本に山頭火を訪問、水前寺公園に遊ぶ。熊本歌壇活発、歌誌「極光」「珊瑚礁」などの短歌会にしばしば出席。（ロシア革命、ソビエト政府誕生）

一九一八年（大正七年）　三六歳

一月、防府に帰郷して椋鳥句会同人と会合。六月一八日、弟二郎、岩国愛宕山中で縊死、山頭火岩国へ急行。（野村朱鱗洞松山で没）

一九一九年（大正八年）　三七歳

四月、大牟田に炭坑勤務医の木村緑平を訪ねて親交。一〇月、先に熊本より上京していた短歌の友茂森唯士を頼り単身上京、下戸塚に下宿し東京市セメント試験場にてアルバイト。一二月二三日、華城村の実家に寄寓の祖母ツル死亡。

一九二〇年（大正九年）　三八歳

三月、東京市麴町区隼町双葉館へ転宿。隣室のロシア人亡命者ブラウデと交わる。七月、本郷区湯島へ転宿。一一月一一日、妻サキノと戸籍上は離婚。サキノは健を育て「雅楽多」を営む。一一月一八日、東京市役所臨時雇として一ツ橋図書館に勤務、日給一円三五銭。（我が国最初のメーデー）

一九二一年（大正一〇年）　三九歳

五月八日、父竹治郎死去。六月三〇日、正式に東京市事務員となり月給四二円。（プロレタリア文学論起こる）

一九二二年（大正一一年）　四〇歳

一〇月、都会生活に疲れ一時熊本に帰る。一二月二〇日、東京市事務員を神経衰弱症のため退職、退職一時金四五円。東京で額縁などの行商。

一九二三年（大正一二年）　四一歳

五月末、徳山の久保白船を訪う。九月一日、東京にて関東大震災の災害に遭い避難中、憲兵に拉致され巣鴨刑務所に留置される。九月末、熊本に帰る。途中京都で同行の芥川青年が腸チフスで死亡。一〇月、熊本市郊外の川湊にあった蔵二階に仮寓。（関東大震災で首都圏は一一月半ばまで戒厳令。大杉栄らアナーキスト大虐殺。尾崎放哉、妻と別れ京都の一燈園に入る）

一九二四年（大正一三年）四二歳

一時上京後、熊本に帰り「雅楽多」に寄宿。一二月、酒に酔って熊本市公会堂前を進行中の電車を急停車さす。市内坪井町出身の木庭徳治が東外坪井町の報恩寺に連行し、望月義庵和尚に預ける。これを機縁に禅門に入る。

一九二五年（大正一四年）四三歳

二月、報恩寺（曹洞宗）にて望月義庵を導師に出家得度。耕畝と改名（戸籍上の手続は大正一五年一〇月二七日）、坐禅修行。三月五日、熊本県鹿本郡植木町味取の観音堂（曹洞宗瑞泉寺）の堂守となる。近在托鉢。五月、木村緑平の訪問を受く。七月、大牟田に緑平を訪ね途中托鉢。八月、三年ぶりに防府に帰郷、墓参。一〇月、大分県佐伯に工藤好美を訪ね途中托鉢。（放哉、京都に仮寓の井泉水居へ身を寄せ、やがて小豆島西光寺南郷庵に入る）

一九二六年（大正一五年・昭和元年）四四歳

四月一〇日、山林独住に倦み、観音堂を去り、一鉢一笠の行乞放浪の旅に出る。八月、浜武に緑平を訪ね、徳山に白船を訪ねる。一〇月、防府町役場に出頭し、改名届。「層雲」一一月号に「分け入つても分け入つても青い山」ほか七句を発表して復帰する。（四月七日、放哉没、句集『大空』刊）

一九二七年（昭和二年）四五歳

一月、広島県内海町にて新年を迎える。九月、山陰地方行乞。（金融恐慌起こる）

一九二八年（昭和三年）四六歳

一月、徳島にて新年を迎え、四国八十八ヵ所の札所を巡拝。二月二七日、足摺岬にある第三十八番札所金剛福寺に拝登。七月、小豆島に渡り西光寺に五泊、放哉墓参。七月二七

日、岡山に渡り、一〇月六日は福山市行乞。山陰地方行乞。(プロレタリア文学と芸術派の論争)

一九二九年（昭和四年）　四七歳

一月、広島にて新年を迎え山陽地方行乞。二月、北九州地方行乞、下関に地橙孫を訪ね、糸田に緑平を、飯塚に息子健を訪ねる。三月、熊本の「雅楽多」に帰り八月まで滞在、句友たちと交遊。九月、再び一鉢一笠の旅に出る。一一月三日、阿蘇内牧に井泉水を迎え句友たちと阿蘇外輪山の大観峰に登り塘下の温泉宿で歓談。四日は阿蘇山噴火口まで登り記念写真の撮影。一行と別れて杖立、日田。一三日には彦山拝登。耶馬渓を経て中津の松垣味々を訪う。一二月、大分地方を行乞、年末熊本に帰る。（ウォール街株式大暴落、世界恐慌の発端。「層雲」に短律調の句流行）

一九三〇年（昭和五年）　四八歳

一月、熊本市の石原元寛居にて新年会、句友たちと交流。「雅楽多」に滞在。二月、句友たちを訪問、句会酒会しきり。四月、種田健が秋田鉱山専門学校（現・秋田大学鉱山学部）に入学。九月、一鉢一笠、懸命の旅として宮崎地方行乞、途中宮崎、福岡で句友を訪ねて句会。一二月、福岡を経て熊本に帰り、市内春竹琴平町の二階一室を借り三八九居と名づけ、そこで自炊生活。（世界恐慌波及して昭和恐慌はじまる）

一九三一年（昭和六年）　四九歳

一月、三八九居にて新年を迎え、三八九会第一回句会を開催、稀也、元寛、馬酔木らの句友が出席。二月二日、ガリ版刷り個人誌「三八九」第一集を編集発行、会友五十余名が支援。三月五日、「三八九」第二集を編集発行。三月三〇日、「三八九」第三集を編集発行。泥酔が因で留置場に拘置される。六月上旬、三八九居を引き払い、「雅楽多」に寄寓。一二月、再び一鉢一笠のいわば自嘲の旅に出

た。（満州事変起こる。エログロナンセンス時代）

一九三二年（昭和七年）　五〇歳

一月、福岡県長尾の木賃宿で新年を迎え、翌二日緑平居を訪問。四月末まで長崎、島原、佐世保など九州西北部を行乞。五月、山口地方行乞、川棚温泉を庵住の地に望む。六月七日より八月二六日まで川棚温泉木下旅館に長期滞在、庵を結ぼうと工作したが失敗。六月二〇日、第一句集『鉢の子』刊。九月二〇日、国森樹明らの支援で小郡町矢足に結庵、其中庵と名づく。一二月一五日、「三八九」復活第四集を発行。（満州国建国宣言。五・一五事件）

一九三三年（昭和八年）　五一歳

一月二〇日、「三八九」第五集を編集発行。二月二八日、「三八九」第六集を編集発行（六集で終刊となる）。三月、健は秋田鉱専を卒業。五月、望月義庵は其中庵に山頭火を訪う。一一月三日井泉水を招いて其中庵句会。来会者は白船、横畑黙壺、大山澄太、近木黎々火ら多数。一二月三日第二句集『草木塔』刊。秋には生前唯一の句碑「松はみな枝垂れて南無観世音」を福岡県玄海町神奏の隣船寺境内に建立。（日本は国際連盟脱退）

一九三四年（昭和九年）　五二歳

二月、福岡地方行乞、糸田の緑平を訪う。三月二二日、信州伊那谷で没した俳人井月の墓参を思いたち東上の旅へ。広島、神戸、京都、名古屋に句友を訪ね、木曾より飯田への清内路で雪に行きなずむ。四月一五日、飯田町の太田蛙堂居着、句会後発熱、二八日まで川島病院に入院。四月二九日、其中庵に帰着。五月一日、種田健が病気見舞に来る。句友たちも心配して来訪しきり。（ワシントン海軍軍縮条約廃棄を通告）

一九三五年（昭和一〇年）　五三歳

一月、其中庵にて新年を迎え、庵住の日多

し。二月二八日、第三句集『山行水行』刊。七月、北九州に旅し、句友たちと交遊酒会、飯塚に健を、糸田に緑平を訪う。八月六日、カルモチンを多量に服用、自殺未遂に終わる。一二月六日、死場所を求めて東上の旅に出立。（文壇に浪曼主義擡頭す）

一九三六年（昭和一一年）五四歳

一月、岡山にて新年を迎え、円通寺（良寛修行の寺）を訪う。引返して広島の澄太、徳山の白船、八幡の星城子、糸田の緑平、飯塚の健を訪う。二月二八日、第四句集『雑草風景』刊。三月五日、門司より大連航路のばいかる丸に乗り神戸上陸。大阪、京都、伊賀上野を経て伊勢神宮参拝。四月、鎌倉を経て五日に東京着、そののち伊豆を巡り二六日には東京の「層雲」中央大会に出席。数日間は浅草に遊び、渡辺砂吐流、斎藤清衛、青木健作、原農平、茂森唯士ら旧友を訪ね歓談す。五月、甲州路、信濃路を歩き佐久の関口江畔、父草親子に歓待されて都合七日泊。柏原では一茶の跡を訪う。六月、新潟の良寛遺跡をめぐり山形、仙台を経て平泉に至る。ここが旅の北限で、芭蕉の旅を意識して「ここまでを来し水飲んで去る」と吟じている。七月、日本海を福井まで返し永平寺に五日間参籠。二二日其中庵に帰る。（二・二六事件。日独防共協定調印）

一九三七年（昭和一二年）五五歳

三月、九州地方行乞、飯塚に健を、糸田に緑平を、熊本にサキノを訪う。三月八日、健は結婚。八月五日、第五句集『柿の葉』刊。九月、転一歩の覚悟で下関の材木商店に就職したが続かず、一一月、泥酔無銭飲食のため山口警察署に留置される。（蘆溝橋事件。日中戦争はじまる。国民精神総動員運動、報国文学の気運高まる）

一九三八年（昭和一三年）五六歳

三月、大分地方行乞、途上多くの句友たちを訪う。七月一六日、山口での『山口詩選』出版記念茶話会に出席、前年死去した中原中也の弟中原呉郎らと交わり湯田温泉に遊ぶこと多し。一一月下旬、其中庵崩れて庵住に耐えず、山口市湯田温泉に四畳半一間の独立家屋を借りて転居、「風来居」と名づける。一二月、健は満炭に入社し満州に渡る。（国家総動員法公布）

一九三九年（昭和一四年）五七歳

一月、風来居にて新年を迎える。一月二五日、第六句集『孤寒』刊。三月三一日、東上の旅に出立。近畿、東海を旅す。信州伊那谷では念願の俳人井月の墓参を果たし、五月一六日湯田温泉に帰る。九月末日、四国に渡るべく旅立つ。途中、徳山の白船居に立ち寄り鉄鉢を放棄し、「柳ちるもとの乞食になつて歩く」と詠じている。一〇月一日、広島の宇品港から船で松山に着く。六日には、夭折の層雲俳人・野村朱鱗洞の墓参を果たし四国遍路の旅に出立。香川、徳島、高知の霊場を巡拝。中途から巡拝を断念して松山へと向かい、一一月二一日に道後の藤岡政一居にたどりつき寄宿。一二月一五日、高橋一洵らの世話で、松山市城北の御幸寺境内にあった納屋を改造してもらい、そこに住みはじめる。「一草庵」と名づける。（国民徴用令公布）

一九四〇年（昭和一五年）

一月、一草庵にて新年を迎え、「柿の会」初句会。斎藤清衛に句集刊行のことを依頼。四月二八日、これまでの折本句集を集成した一代句集『草木塔』を東京の八雲書林から刊行。それを携え句友たちに献呈するため中国、四国、九州の旅に出る。六月三日、最後の旅を終えて帰庵。句会「柿の会」を開いたり、子規の遺跡を訪ねて近郊散策。七月二五日、第七句集『鴉』刊（先に刊行の『草木塔』にも収録されている）。一〇月一〇日夜、一草庵にて句会、庵主は参加せず隣室で休息。酪酊はいつものことと庵主に挨拶もせず散会したが、一〇月一一日午前四時（推定）死亡、心臓麻痺と診断。

（村上護編）

著書目録——種田山頭火

【単行本】

第一句集『鉢の子』（折本）　昭7・6　三宅酒壺洞
第二句集『草木塔』（折本）　昭8・12　其中庵三八九会
第三句集『山行水行』（折本）　昭10・2　其中庵三八九会
第四句集『雑草風景』（折本）　昭11・2　杖社
第五句集『柿の葉』（折本）　昭12・8　杖社
第六句集『孤寒』（折本）　昭14・1　杖社
山頭火句集『草木塔』　昭15・4　八雲書林
第七句集『鴉』（折本）　昭15・7　杖社
山頭火遺稿『愚を守る』　昭16・8　春陽堂書店
山頭火句集『草木塔』第二版普及版　昭27・4　大耕舎
山頭火遺稿『あの山越えて』　昭27・10　和田書店
山頭火遺稿『愚を守る』再版　昭28・6　和田書店
山頭火句集『草木塔』第三版　昭31・10　大耕舎

遺稿『其中日記』巻一　昭33・6　アポロン社
遺稿『其中日記』巻二　昭34・7　アポロン社
遺稿『其中日記』巻三　昭35・7　アポロン社
山頭火句集『草木塔』第四版　昭36・10　大耕舎
遺稿『其中日記』巻四　昭37・10　大耕舎
遺稿『其中日記』巻五　昭39・12　大耕舎
山頭火句集『草木塔』第五版　昭41・2　大耕舎
句集『自画像』大山澄太編　昭41・7　大耕舎
山頭火句集『草木塔』第六版　昭41・11　大耕舎
『山頭火の手記』大山澄太編　昭43・9　潮文社
『この道をゆく』大山澄太編　昭43・9　潮文社
『あの山越えて』大山澄太編　昭44・2　潮文社
山頭火句集『草木塔』第七版　昭44・2　大耕舎
『愚を守る』大山澄太編　昭46・6　潮文社
山頭火句集『草木塔』　昭46・10　潮文社
『定本種田山頭火句集』大山澄太編　昭46・10　弥生書房
『三八九集』大山澄太編　昭52・5　古川書房
『山頭火・終焉の松山』高橋正治編　昭56・9　創思社出版
『種田山頭火句集』複刻版全七巻（折本）　昭58・12　ほるぷ出版
『山頭火大全』　平3・2　講談社

『精選山頭火遺墨集』　平5・9　思文閣出版
鴻池楽斎・稲垣恒夫編
『定本種田山頭火句集』新装版　平6・1　弥生書房
『山頭火――草木塔』　平12・11　日本図書センター

【全集・叢書】

『定本山頭火全集』全七巻　昭47・4〜昭48・6　春陽堂書店
『山頭火の本』全十四冊　昭54・11〜昭55・5　春陽堂書店
『山頭火全集』全十一巻　昭61・5〜昭63・4　春陽堂書店
『山頭火著作集』全四冊　平8・6〜平8・9　潮文社
『俳句三代集　別巻』　昭15・4　改造社
昭和文学全集41　昭29・7　角川書店
『昭和短歌・昭和俳句集』
昭和日本文学全集91　昭33・4　筑摩書房
『現代俳句集』
日本の詩歌30　昭40・1　中央公論社
『俳句集』
新俳句講座3『自由律俳句作品集』　昭41・8　新俳句社
現代日本文学大系95　昭48・9　筑摩書房
『現代句集』
新潮日本文学アルバム40『種田山頭火』　平5・6　新潮社

【文庫】

『山頭火　句集』全四冊　平元・4〜平元・10　春陽堂書店
『山頭火　日記』全八冊　平元・6〜平2・3　春陽堂書店
『山頭火　アルバム』　平2・7　春陽堂書店

村上護編『山頭火句集』　平8・12　筑摩書房
村上護編

（作成・村上護）

本書は、『山頭火全集』第一～三、一〇巻（一九八六・五～一九八七・一一春陽堂書店）を底本として多少ふりがなを加えました。俳句は山頭火の自筆原稿を参考にしました。「行乞記」中の日付のあとの例えば（三五・中）は、著者の記したもので、宿銭・宿の等級を示しています。句の行頭にある・印は著者が何らかの意図で印をつけた句です。本文中明らかな誤植と思われる個所は正しましたが、原則として底本に従いました。また、底本にある表現で、今日からみれば不適切と思われる表現がありますが、作品が書かれた時代背景および著者（故人）が差別助長の意図で使用していないことなどを考慮し、発表時のままといたしました。よろしくご理解の程お願い致します。

山頭火《さんとうか》随筆集《ずいひつしゅう》

種田《たねだ》山頭火《さんとうか》

二〇〇二年七月一〇日第一刷発行
二〇二五年六月一三日第一八刷発行

発行者――篠木和久
発行所――株式会社 講談社
東京都文京区音羽2・12・21 〒112-8001
電話 編集（03）5395・3513
販売（03）5395・5817
業務（03）5395・3615

デザイン――菊地信義
製版――株式会社KPSプロダクツ
印刷――株式会社KPSプロダクツ
製本――株式会社国宝社
Printed in Japan
定価はカバーに表示してあります。

講談社文芸文庫

ISBN4-06-198302-4

高橋源一郎	さようなら、ギャングたち	加藤典洋──解／栗坪良樹──年
高橋源一郎	ジョン・レノン対火星人	内田 樹──解／栗坪良樹──年
高橋源一郎	ゴーストバスターズ 冒険小説	奥泉 光──解／若杉美智子─年
高橋源一郎	君が代は千代に八千代に	穂村 弘──解／若杉美智子・編集部─年
高橋源一郎	ゴヂラ	清水良典──解／若杉美智子・編集部─年
高橋たか子	人形愛｜秘儀｜甦りの家	富岡幸一郎─解／著者──年
高橋たか子	亡命者	石沢麻依──解／著者──年
高原英理編	深淵と浮遊 現代作家自己ベストセレクション	高原英理──解
高見 順	如何なる星の下に	坪内祐三──解／宮内淳子──年
高見 順	死の淵より	井坂洋子──解／宮内淳子──年
高見 順	わが胸の底のここには	荒川洋治──解／宮内淳子──年
高見沢潤子	兄 小林秀雄との対話 人生について	
武田泰淳	蝮のすえ｜「愛」のかたち	川西政明──解／立石 伯──案
武田泰淳	司馬遷─史記の世界	宮内 豊──解／古林 尚──年
武田泰淳	風媒花	山城むつみ─解／編集部──年
竹西寛子	贈答のうた	堀江敏幸──解／著者──年
太宰 治	男性作家が選ぶ太宰治	編集部──年
太宰 治	女性作家が選ぶ太宰治	
太宰 治	30代作家が選ぶ太宰治	編集部──年
田中英光	空吹く風｜暗黒天使と小悪魔｜愛と憎しみの傷に 田中英光デカダン作品集 道籏泰三編	道籏泰三──解／道籏泰三──年
谷崎潤一郎	金色の死 谷崎潤一郎大正期短篇集	清水良典──解／千葉俊二──年
種田山頭火	山頭火随筆集	村上 護──解／村上 護──年
田村隆一	腐敗性物質	平出 隆──人／建畠 晢──年
多和田葉子	ゴットハルト鉄道	室井光広──解／谷口幸代──年
多和田葉子	飛魂	沼野充義──解／谷口幸代──年
多和田葉子	かかとを失くして｜三人関係｜文字移植	谷口幸代──解／谷口幸代──年
多和田葉子	変身のためのオピウム｜球形時間	阿部公彦──解／谷口幸代──年
多和田葉子	雲をつかむ話｜ボルドーの義兄	岩川ありさ─解／谷口幸代──年
多和田葉子	ヒナギクのお茶の場合｜海に落とした名前	木村朗子──解／谷口幸代──年
多和田葉子	溶ける街 透ける路	鴻巣友季子─解／谷口幸代──年
近松秋江	黒髪｜別れたる妻に送る手紙	勝又 浩──解／柳沢孝子──案
塚本邦雄	定家百首｜雪月花（抄）	島内景二──解／島内景二──年

▶解=解説 案=作家案内 人=人と作品 年=年譜を示す。 2025年5月現在

講談社文芸文庫

塚本邦雄	百句燦燦 現代俳諧頌	橋本 治——解／島内景二——年
塚本邦雄	王朝百首	橋本 治——解／島内景二——年
塚本邦雄	西行百首	島内景二——解／島内景二——年
塚本邦雄	秀吟百趣	島内景二——解
塚本邦雄	珠玉百歌仙	島内景二——解
塚本邦雄	新撰 小倉百人一首	島内景二——解
塚本邦雄	詞華美術館	島内景二——解
塚本邦雄	百花遊歴	島内景二——解
塚本邦雄	茂吉秀歌『赤光』百首	島内景二——解
塚本邦雄	新古今の惑星群	島内景二——解／島内景二——年
つげ義春	つげ義春日記	松田哲夫——解
辻邦生	黄金の時刻の滴り	中条省平——解／井上明久——年
津島美知子	回想の太宰治	伊藤比呂美-解／編集部——年
津島佑子	光の領分	川村 湊——解／柳沢孝子——案
津島佑子	寵児	石原千秋——解／与那覇恵子-年
津島佑子	山を走る女	星野智幸——解／与那覇恵子-年
津島佑子	あまりに野蛮な 上・下	堀江敏幸——解／与那覇恵子-年
津島佑子	ヤマネコ・ドーム	安藤礼二——解／与那覇恵子-年
坪内祐三	慶応三年生まれ　七人の旋毛曲り 漱石・外骨・熊楠・露伴・子規・紅葉・緑雨とその時代	森山裕之——解／佐久間文子-年
坪内祐三	『別れる理由』が気になって	小島信夫——解
坪内祐三	文学を探せ	平山周吉——解／佐久間文子-年
鶴見俊輔	埴谷雄高	加藤典洋——解／編集部——年
鶴見俊輔	ドグラ・マグラの世界｜夢野久作 迷宮の住人	安藤礼二——解
寺田寅彦	寺田寅彦セレクション Ⅰ 千葉俊二・細川光洋選	千葉俊二——解／永橋禎子——年
寺田寅彦	寺田寅彦セレクション Ⅱ 千葉俊二・細川光洋選	細川光洋——解
寺山修司	私という謎 寺山修司エッセイ選	川本三郎——解／白石 征——年
寺山修司	戦後詩 ユリシーズの不在	小嵐九八郎-解
十返肇	「文壇」の崩壊 坪内祐三編	坪内祐三——解／編集部——年
徳田球一 志賀義雄	獄中十八年	鳥羽耕史——解
徳田秋声	あらくれ	大杉重男——解／松本 徹——年
徳田秋声	黴｜爛	宗像和重——解／松本 徹——年
富岡幸一郎	使徒的人間 —カール・バルト—	佐藤 優——解／著者——年

講談社文芸文庫

野崎 歓	異邦の香り ネルヴァル『東方紀行』論	阿部公彦——解
野間 宏	暗い絵|顔の中の赤い月	紅野謙介——解／紅野謙介——年
野呂邦暢	[ワイド版]草のつるぎ|一滴の夏 野呂邦暢作品集	川西政明——解／中野章子——年
橋川文三	日本浪曼派批判序説	井口時男——解／赤藤了勇——年
蓮實重彥	夏目漱石論	松浦理英子—解／著者——年
蓮實重彥	「私小説」を読む	小野正嗣——解／著者——年
蓮實重彥	凡庸な芸術家の肖像 上 マクシム・デュ・カン論	
蓮實重彥	凡庸な芸術家の肖像 下 マクシム・デュ・カン論	工藤庸子——解
蓮實重彥	物語批判序説	磯﨑憲一郎—解
蓮實重彥	フーコー・ドゥルーズ・デリダ	郷原佳以——解
花田清輝	復興期の精神	池内 紀——解／日高昭二——年
埴谷雄高	死霊 I II III	鶴見俊輔——解／立石 伯——年
埴谷雄高	埴谷雄高政治論集 埴谷雄高評論選書1 立石伯編	
埴谷雄高	酒と戦後派 人物随想集	
埴谷雄高	系譜なき難解さ 小説家と批評家の対話	井口時男——解／立石 伯——年
濱田庄司	無盡蔵	水尾比呂志—解／水尾比呂志—年
林 京子	祭りの場|ギヤマン ビードロ	川西政明——解／金井景子——案
林 京子	長い時間をかけた人間の経験	川西政明——解／金井景子——年
林 京子	やすらかに今はねむり給え|道	青来有一——解／金井景子——年
林 京子	谷間|再びルイへ。	黒古一夫——解／金井景子——年
林 芙美子	晩菊|水仙|白鷺	中沢けい——解／熊坂敦子——案
林原耕三	漱石山房の人々	山崎光夫——解
原 民喜	原民喜戦後全小説	関川夏央——解／島田昭男——年
東山魁夷	泉に聴く	桑原住雄——人／編集部——年
日夏耿之介	ワイルド全詩（翻訳）	井村君江——解／井村君江——年
日夏耿之介	唐山感情集	南條竹則——解
日野啓三	ベトナム報道	著者——年
日野啓三	天窓のあるガレージ	鈴村和成——解／著者——年
平出 隆	葉書でドナルド・エヴァンズに	三松幸雄——解／著者——年
平沢計七	一人と千三百人|二人の中尉 平沢計七先駆作品集	大和田 茂—解／大和田 茂—年
深沢七郎	笛吹川	町田 康——解／山本幸正——年
福田恆存	芥川龍之介と太宰治	浜崎洋介——解／齋藤秀昭——年
福永武彦	死の島 上・下	富岡幸一郎—解／曾根博義——年
藤枝静男	悲しいだけ|欣求浄土	川西政明——解／保昌正夫——案

藤枝静男	田紳有楽|空気頭	川西政明——解／勝又 浩——案
藤枝静男	藤枝静男随筆集	堀江敏幸——解／津久井 隆——年
藤枝静男	愛国者たち	清水良典——解／津久井 隆——年
藤澤清造	狼の吐息|愛憎一念 藤澤清造 負の小説集 西村賢太編・校訂	西村賢太——解／西村賢太——年
藤澤清造	根津権現前より 藤澤清造随筆集 西村賢太編	六角精児——解／西村賢太——年
藤田嗣治	腕一本|巴里の横顔 藤田嗣治エッセイ選 近藤史人編	近藤史人——解／近藤史人——年
舟橋聖一	芸者小夏	松家仁之——解／久米 勲——年
古井由吉	雪の下の蟹|男たちの円居	平出 隆——解／紅野謙介——案
古井由吉	古井由吉自選短篇集 木犀の日	大杉重男——解／著者——年
古井由吉	槿	松浦寿輝——解／著者——年
古井由吉	山躁賦	堀江敏幸——解／著者——年
古井由吉	聖耳	佐伯一麦——解／著者——年
古井由吉	仮往生伝試文	佐々木 中——解／著者——年
古井由吉	白暗淵	阿部公彦——解／著者——年
古井由吉	蜩の声	蜂飼 耳——解／著者——年
古井由吉	詩への小路 ドゥイノの悲歌	平出 隆——解／著者——年
古井由吉	野川	佐伯一麦——解／著者——年
古井由吉	東京物語考	松浦寿輝——解／著者——年
古井由吉 佐伯一麦	往復書簡『遠くからの声』『言葉の兆し』	富岡幸一郎–解
古井由吉	楽天記	町田 康——解／著者——年
古井由吉	小説家の帰還 古井由吉対談集	鵜飼哲夫——解／著者・編集部–年
北條民雄	北條民雄 小説随筆書簡集	若松英輔——解／計盛達也——年
堀江敏幸	子午線を求めて	野崎 歓——解／著者——年
堀江敏幸	書かれる手	朝吹真理子–解／著者——年
堀口大學	月下の一群（翻訳）	窪田般彌——解／柳沢通博——年
正宗白鳥	何処へ|入江のほとり	千石英世——解／中島河太郎–年
正宗白鳥	白鳥随筆 坪内祐三選	坪内祐三——解／中島河太郎–年
正宗白鳥	白鳥評論 坪内祐三選	坪内祐三——解
町田 康	残響 中原中也の詩によせる言葉	日和聡子——解／吉田凞生・著者–年
松浦寿輝	青天有月 エセー	三浦雅士——解／著者——年
松浦寿輝	幽|花腐し	三浦雅士——解／著者——年
松浦寿輝	半島	三浦雅士——解／著者——年
松岡正剛	外は、良寛。	水原紫苑——解／太田香保——年